CONSEIL DES ARTS DU MANITOBA / MANITOBA ARTS COUNCIL

Conseil des Arts du Canada / Canada Council for the Arts

Les Éditions des Plaines remercient le Conseil des Arts du Canada et le Conseil des Arts du Manitoba du soutien accordé dans le cadre des subventions globales aux éditeurs et reconnaissent l'aide financière du ministère du Patrimoine canadien (PADIÉ et PICLO) et du ministère de la Culture, Patrimoine et Tourisme du Manitoba, pour ses activités d'édition.

Œuvre sur la couverture : « Winter geese », Lida Zurawsky
Conception de la maquette couverture et mise en page : Relish Design
Imprimerie : Hignell Printing

Catalogage avant publication de Bibliothèque et Archives Canada

Primeau, Marguerite-A., 1914-
Sauvage sauvageon / Marguerite Primeau. — 2e éd.
(Les écrits de l'Ouest)
Publ. à l'origine en 1984.
ISBN 2-89611-006-2
I. Titre. II. Collection.
PS8581.R546S39 2004 C843'.54 C2004-905308-6

382, rue Deschambault
Saint-Boniface (Manitoba) R2H 0J8

Dépôt légal : Bibliothèque nationale du Canada, Bibliothèque provinciale du Manitoba et Bibliothèque nationale du Québec.

Sauvage-Sauvageon

Du même auteur

Dans le Muskeg

Contes et scénarios

Maurice Dufault, sous-directeur

Le Totem

Ol' Man, Ol' Dog et l'enfant et autres nouvelles

LES ÉCRITS DE L'OUEST

Sauvage-Sauvageon

roman

MARGUERITE PRIMEAU

PLAINES

préface

Sauvage-Sauvageon a paru pour la première fois en 1984. Marguerite Primeau avait déjà signé deux autres romans, *Dans le muskeg* (Fides, 1960) et *Maurice Dufault, sous-directeur* (Plaines,1983 & 1984), tous les deux favorablement, voire élogieusement accueillis par la critique. Ainsi, lorsque *Sauvage-Sauvageon* a valu à son auteure le prix Champlain 1986, attribué au meilleur ouvrage d'expression française en Amérique du Nord, on aurait pu croire que la consécration institutionnelle mènerait à une réussite commerciale. On conviendra avec aise, cependant, que cette première réédition ayant lieu vingt ans plus tard, il ne s'agit guère d'un succès fulgurant. Mais tel est le statut que l'Ouest francophone a tendance à conférer à la littérature des siens, du moins jusqu'ici. Relativement parlant, donc, il faut reconnaître que, peu à peu, Marguerite Primeau s'est imposée comme l'écrivain contemporain le plus prolifique et important des francophonies albertaine et colombienne. (Il faut bien parler des deux francophonies puisque, originaire de St-Paul en Alberta, l'auteure réside à Vancouver en Colombie-Britannique depuis 1954.) En 1988, son recueil de nouvelles, *Le totem*, paraît aux Éditions des Plaines, et en 1996, son dernier recueil de nouvelles, *Ol' Man, Ol' Dog et l'enfant et autres nouvelles* paraît aux Éditions du Blé. En 1999, *Sauvage-Sauvageon* paraît dans sa traduction anglaise (*Savage Rose,* traduit par Margaret M. Wilson et publié aux éditions Ekstasis), suivi, l'année suivante, par celle du *Totem* (*The Totem,* lui aussi, traduit par Margaret M. Wilson et publié par les éditions Ekstasis). Au moment où je rédige cette préface, la traduction anglaise de *Monsieur Dufault, sous-directeur* a été entamée, la seconde édition de *Ol' Man, Ol' Dog et l'enfant et autres nouvelles* est sous presse, et le milieu anticipe cette seconde édition de *Sauvage-Sauvageon.*

Or, si l'intérêt pour l'œuvre de Primeau est constant, sinon à la hausse, cela est dû non seulement à la qualité de son écriture, mais aussi à la modernité des thématiques choisies pour chacun de ses ouvrages, surtout du point de vue de la représentation des femmes et du traitement de la question identitaire. Dans les années 1980 et 1990, la plus grande partie de la production romanesque de l'Ouest prenait encore pour modèle le roman romantique d'une part et, d'autre part, le roman du terroir. Les textes de Primeau, en revanche et ce, dès son premier roman écrit pendant les années 1950, mettent en scène des personnages féminins allant à l'encontre d'un certain discours traditionaliste axé sur l'appartenance à une communauté homogène et sédentaire où le rôle des femmes soumises et passives consistait à épauler les hommes dans leur vie en tant que filles obéissantes ou bien mères de famille asexuées. *Sauvage-Sauvageon,* notamment, exploite, entre autres, les thèmes de la femme rebelle, de l'errance, des contacts interculturels et du pouvoir de l'imaginaire. Si l'idée de la communauté et, par conséquent, les modalités dictant l'appartenance à la communauté s'avèrent inévitablement transformées, son importance n'en disparaît pas pour autant. Cela se voit dans le fait que, en faisant son propre procès tout le long du roman, la narratrice protagoniste se juge coupable et se condamne à mort. Toutefois, au dénouement, elle ne meurt pas. De quoi se sent-elle coupable ? La question est bien trop complexe pour y répondre convenablement dans l'espace dont on dispose ici, mais disons qu' elle regrette fortement, entre autres, d'avoir répudié ses origines. Lorsqu'elle quitte son village d'enfance, c'est pour ne plus y mettre les pieds, tant il évoque pour elle de mauvais souvenirs. Mais en se coupant ainsi de son passé, non seulement son rapport aux bons moments et souvenirs devient problématique, mais aussi le présent semble dénué de sens. Dans cette perspective, on pourrait dire que, dans ce roman, il s'agit de trouver une solution au problème qui consiste à s'éloigner des racines sans les perdre tout à fait, ainsi qu'à devenir autre tout en demeurant foncièrement soi.

Depuis le début du roman, le « je » narratif, étendu sur une chaise longue dans une des îles de la côte du Pacifique, se remémore son passé vécu dans différents espaces allant de la prairie albertaine jusqu'à la Méditérranée. Le texte opère des va-et-vient entre l'espace de l'énonciation et les espaces énoncés jusqu'au moment où, par la magie des paroles et de la mémoire, l'espace de l'enfance fusionne avec celui de la narration, c'est-à-dire l'île et l'infini sur lequel elle s'ouvre. Du coup, l'ailleurs n'est plus culpabilisant, parce qu'il ne signifie plus l'abandon de la première communauté : le sentiment indestructible de celle-ci, Maxine-Sauvage-Sauvageon le portera en elle où qu'elle aille. Ainsi, à la toute fin du récit, plutôt que de disparaître dans la mer, la protagoniste « rêve », mot qui au sens étymologique signifie « vagabonder ».

Pamela V. Sing, Faculté St-Jean,
University of Alberta

Homme libre, toujours tu chériras la mer!
La mer est ton miroir; tu contemples ton âme
Dans le déroulement infini de sa lame,
Et ton esprit n'est pas un gouffre moins amer.

Baudelaire

Première partie

- 1 -

Tout est calme sur la baie. Les eaux se retirent lentement. Le léger clapotis de la marée remontant vers la haute mer est à peine troublé par le cri du goéland isolé sur un tronc d'arbre à demi submergé. Il s'envolera bientôt à la suite des autres pour faire, avec les traversiers, la navette entre les îles. Je les retrouverai ce soir, dans ce coin de baie, striant de leurs longues ailes les reflets du soleil couchant peu à peu envahis par l'ombre des pins.

Le héron est à son poste. Sans son brusque coup de bec vers l'eau qui fuit, l'on pourrait croire à un tronçon de bois enfoncé dans la vase, incrusté d'innombrables mollusques que l'air frais du matin et la distance teintent de bleu.

Mon père passait des heures à l'épier, attendant le moment où, sans doute découragé par le peu de pâture que lui offrait la marée basse, l'oiseau survolerait un instant de plus la masse d'eau refluante avant de tourner vers la forêt.

À quoi songeait alors mon père? Rien chez cet échassier au cou mince, au long bec, ne pouvait lui rappeler les modestes oiseaux de la plaine, « ceux d'chez nous », comme il disait. Le *bald-headed eagle* du Pacifique et sa fausse calvitie n'ont rien de commun avec les oies sauvages et leur sillage dans le ciel d'automne de l'Alberta. Était-ce leur cri mélancolique annonçant chaque année, au milieu des fastes de la moisson, le retour imminent de l'hiver qu'il entendait? Il ne l'a jamais dit, et je ne lui posais pas de questions. Mais il n'aimait pas voir planer au-dessus de la baie « c't'oiseau d'malheur », et j'ai vu plus d'une fois son regard se détourner au plongeon en bolide de l'aigle et sa remontée pesante vers son nid, les serres enfoncées dans la chair vivante d'un saumon.

Moi, les yeux rivés sur le corps à corps sinistre, je scandais les hauts et les bas d'une lutte dont le dénouement ne pouvait être que fatal. Ma respiration aussi haletante que celle du poisson suspendu dans l'air, j'avais l'impression que je battais, moi aussi, les flancs de l'oiseau jusqu'à ce que celui-ci, ailes noires contre le ciel bleu, eût disparu en direction de son aire.

Un jour, ô surprise! la victime eut raison du rapace. Et j'ai vu, de mes yeux vu, un énorme saumon tout argenté par le soleil de midi entraîner, de minute en minute, l'aigle des mers vers les profondeurs ouvertes sous lui. Ils disparurent tous deux dans un creux de vague, l'oiseau et sa proie, désormais inséparables, unis pour toujours au fond des eaux. J'ai aperçu le bec entrouvert de l'aigle happer à son tour un dernier souffle d'air avant de s'enfoncer dans l'écume. Et j'ai ri.

Sidéré, peut-être moins par le drame qui venait de se dérouler que par mon réflexe peu humain, mon père me contemplait.

« Maxine!... Sauvageon! comment peux-tu? »

Je l'ai regardé à mon tour, l'air innocent, comme si je ne comprenais pas.

Au fond de ses yeux bleu gris, l'horreur a soudain fait place à la pitié.

***

Tiens! l'oiseau-mouche est revenu se percher au bout de la branche morte dans le genêt en fleurs. Et je songe : n'est-ce pas là ce que je suis dans cette profusion de pins, d'arbrisseaux et de fleurs? Une brindille desséchée au milieu d'un monde qui foisonne?

Au feu la brindille sèche!

Mon regard reste attaché à ce colibri qui fascinait aussi mon père. Le coup de pinceau rouge de sa gorge flamboie à chaque mouvement. Sans cesse aux aguets sur son bout de branche, il s'élance illico sur l'étranger qui ose s'approcher de l'appareil contenant le sirop nourricier. Ce sirop rouge comme sa gorge est à lui, rien qu'à lui. Il y a droit de propriété par l'usage sinon par héritage.

Mon *short* rouge lui brouillait les idées car, petite intelligence, il ne semblait pas comprendre que les objets de cette couleur n'étaient pas nécessairement une source d'alimentation. Minuscule avion de chasse, il vrombissait autour de moi, prêt à piquer droit sur ce qu'il croyait, à coup sûr, une nouvelle pâture.

Malgré son petit œil inquisiteur qui surveille son territoire de gauche à droite et m'inclut ainsi dans son champ de vision, il semble bien vouloir m'accepter, ce matin, ou du moins me tolérer. Peut-être à cause du *short* noir et du maillot rayé noir et blanc. Au reste, il n'a nulle raison de s'inquiéter du corps immobile que je suis au fond de la chaise longue aux lanières de plastique jaune.

J'ai choisi cet ensemble avec soin.

Ce noir-et-blanc n'est-il pas tout indiqué pour l'acte que j'aurai accompli avant la nuit?

***

Comment en suis-je venue à ce point? Quels chemins parcourus, par la petite fille rieuse que je sais avoir été, ont fait d'elle cette femme dure, silencieuse? Silencieuse, oh! combien silencieuse sous la ligne mince de ses lèvres! Et comment retrouver le fil d'Ariane que j'ai dû laisser tomber quelque part?

Je me débats en vain dans le labyrinthe de mes pensées, attendant la mort, ou la précipitant. Car, enfin, pourquoi suis-je revenue aujourd'hui sur les bords de cette baie?

Je suis coupable.

La société n'en sait rien, ou même le sachant, elle ne comprendrait jamais, pas plus les psychiatres que les autres, car il faut plus d'un Freud ou d'un Jung pour déchiffrer le palimpseste où trop de textes ont laissé leur empreinte. D'ailleurs, le patient ne ment-il pas toujours à son médecin après s'être menti à lui-même? Tant de choses refusent de remonter à la surface de la conscience et tant d'autres sont refoulées de peur d'altérer si peu que ce soit le visage trompeur, ce miroir déformé de l'âme que l'on présente aux autres en toute quiétude.

Criminelle, je resterai donc impunie. Je continuerai à jouir de la considération de ceux qui croient me connaître — je ne dirai pas de mes amis, car je n'en ai pas —, fille modèle qui a pris soin de son père jusqu'à la fin. Et nul au monde ne se doutera qu'un crime a été commis, que la « fille modèle » baigne dans le poison qu'elle secrète.

Eh bien! que je cueille au moins une goutte de ce poison. Que je la tienne bien au chaud dans ma main, que je la regarde glisser, insidieuse, entre mes doigts, perle noire d'un destin que j'aurais voulu autre.

Les Erinyes m'attendent, réinventées à la mesure de mon tourment. Mais elles n'auront pas prise sur moi. Le tube de verre dans la poche de mon maillot les mettra en fuite avant la nuit, et je pourrai m'allonger une dernière fois sur les rochers que recouvre en fin d'après-midi la marée haute et leur jeter à la face : *Consummalum est!* Voilà! c'en est fini!

***

J'ai bien dit : « la criminelle », car je l'ai tué aussi sûrement que si je l'avais poignardé.

Comme j'ai tué Angela, et peut-être bien Marcel. Et les autres. Car on tue aussi bien l'âme que le corps.

Le fait est là, devant moi, en moi. Son poison sourd de partout. Il est cette perle noire au creux de ma main.

***

Tu tournes autour de ton passé, Maxine-Sauvageon, comme l'esclave aveugle autour de sa meule. L'esclave ne peut pas voir que sa trajectoire le ramène toujours à son point de départ tandis que toi, tu te grises de paroles sans portée, de courtes incursions dans la nature, sachant, sans l'ombre d'un doute, ce qui t'attend ce soir.

Dis, que seront pour toi à ce moment-là les grands pins qui en ont vu bien d'autres depuis les centaines d'années qu'ils se dressent toujours plus haut vers les nuages? L'aigle des mers ne continuera-t-il pas à déployer ses lourdes ailes au-dessus des eaux? Et le héron, sa vigile solitaire à la marée basse? Le colibri si attirant dans ses colères, feintes ou véritables, retrouvera chaque printemps la fleur rouge ou le sirop nourricier. Les genêts recouvriront les collines et l'arbousier au tronc roux laissera au hasard des jours se déchirer les minces lames de son écorce tout en éparpillant l'année durant le trop-plein de son feuillage. Larmes humaines brûlées par le soleil et le vent. En ce moment, tel un encensoir manié par un enfant de chœur qui rêvasse, il se balance de bas en haut, lentement, distraitement, courbé à la fine pointe de son rocher. Cet après-midi, l'arc de son ombre s'étendra langoureusement dans l'eau miroitante.

***

La nature aussi indifférente à sa beauté qu'aux souffrances de l'homme, voilà peut-être la seule chose que j'aie véritablement aimée. Absente à la présence des autres, incapable de prononcer la parole attendue, d'esquisser le moindre geste qui les eût admis dans mon intimité. Qui m'eût enfin délivrée! Non! j'ai préféré vivre seule avec moi, vivre en moi, centre et pivot de mon univers. Les autres? Je les niais ou plutôt je vivais à côté d'eux, toujours à côté, jamais avec eux. La nature me suffisait, je la comprenais; elle était sauvage, indifférente et cruelle comme je l'étais, comme peu à peu j'étais devenue.

À elle seule, la mer me comblait. Dans ses brusques colères, le Grand Océan a répondu dès le premier jour à la violence qui devait être ma seconde nature. Oh! non pas la petite baie tranquille que je contemple en ce moment et où mon père semblait retrouver le mouvement berceur des champs de blé de la plaine, ce qui le consolait un peu dans son exil. À certaines heures, il est vrai, le velours côtelé de sa surface à peine agitée par les remous de la haute mer m'était un palliatif. Pendant quelques instants, je goûtais une paix qui ne m'était pas naturelle.

Mais ce qui m'attirait, me subjuguait, c'était, plus haut dans l'île, le courroux de la vague battant la côte. Parmi les énormes rochers qui tombaient dru dans la mer, il y en avait un, plus élevé et plus escarpé que les autres qu'on avait surnommé *Lovers' Leap* en souvenir de deux jeunes amants. Plongeant la main dans la main, ils avaient cru perpétuer dans la mort le souvenir de leur amour.

L'endroit était peu fréquenté; d'abord, parce qu'un panneau indicateur décourageait ceux qui auraient voulu s'y aventurer, et aussi parce que le sentier disparaissait à tout moment sous des fougères géantes, sous des lianes de mousse qui s'entrecroisaient d'un arbre à l'autre, pour enfin se dérober complètement, bloqué par un éboulis de roches glissantes. Chaque saison semblait apporter son complément d'obstacles. Outre les innombrables et diverses fougères qui proliféraient d'une année à l'autre, des arbrisseaux rabougris et des pins tordus ou abattus par les vents de l'hiver en rendaient l'accès de plus en plus difficile. Mais ni les fougères où s'empêtraient les pieds, ni les lianes étrangleuses, et encore moins les arbres morts qu'il fallait chevaucher ne me rebutaient. J'y allais des pieds et des mains, à quatre pattes si nécessaire, pour atteindre le plus haut point du rocher où, tout au bord, j'avais découvert une pierre d'une étrange configuration. À la fois siège et dossier, elle me servait de banc tel que l'on en voit parfois dans les jardins.

De mon banc de pierre, je surplombais l'horizon. Ses 180 degrés de circonférence étaient à moi. Le ciel fraîchement lavé ou les nuages qui traînaient sur la mer grise; le soleil, Narcisse flamboyant à la surface de l'eau, ou ses pâles rayons sur la houle insoucieuse; le vent qui soufflait à ras de terre les jours où il était las de ses soubresauts dévastateurs : tout, vous dis-je, m'appartenait. *I was monarch of all I surveyed!* Parfois, les murmures doucereux de la vague pourtant si loin au-dessous de moi auraient pu me séduire comme elle aurait sans doute voulu séduire la terre ennemie si, alors que je me penchais au-dessus du vide pour mieux entendre, le chant de sirène ne s'était pas toujours terminé en une plainte désespérée que le vent reprenait pour la lancer au loin. Par ailleurs, le mugissement de la tempête roulant ses montagnes d'écume me remplissait d'une joie qui n'avait rien d'humain. Cet océan Pacifique au nom trompeur était *mon* monde, *ma* patrie, *mon* bien.

Mon père devinait toujours où j'étais allée quand il me voyait revenir dans la Mazda, les yeux brillants, tout empourprée de soleil et de vent.

« Tu es encore allée là-haut? »

Je faisais signe que oui ou je haussais les épaules.

Au début, j'avais répondu avec une si mauvaise grâce aux questions qu'il me posait sur ce qui m'attirait vers ce lieu sauvage — ne voulant partager avec personne, encore moins avec mon père, le coin de l'horizon que je m'étais approprié —, qu'il avait depuis renoncé à m'interroger. Il se contentait de me jeter un regard plus triste qu'inquiet. Je ne faisais ni ne disais rien pour apaiser sa tristesse ou son inquiétude.

Il savait aussi quand quelque chose de plus fort que moi m'y poussait. C'est qu'à ces moments-là, je me mettais à arpenter le bout de plage au bas de la colline, toute tendue vers ce que, seule, je voyais par-delà l'horizon fermé de la baie.

De la chaise longue où il passait ses journées, et où je me blottis en ce moment, il me suivait des yeux.

« Vas-y donc puisque tu ne peux pas rester en place. Va, retourne à ton aire. Je peux me passer de toi autant que, toi, tu sais te passer de moi.»

Je m'enfuyais.

J'attrapais au passage un vieux cardigan. Un foulard noué autour de ma tête et, l'instant d'après, je roulais sur la route dans un nuage de poussière.

Les habitants de l'île étaient peu nombreux. Les touristes y venaient rarement, soit qu'ils ignorassent son existence, soit qu'ils refusassent de s'adapter à l'isolement et au manque de distractions. Le ministère des Ponts et Chaussées ne s'occupait donc guère d'entretenir la route macadamisée qui traversait l'île; elle n'était plus que nids de poules d'où giclait la poussière par beau temps et la vase les jours de pluie.

Tout en roulant aussi vite que le permettaient les innombrables méandres de ce chemin en casse-cou, le regard de mon père pesait sur moi et je m'en voulais et lui en voulais de gâter ces quelques instants de bonheur. Un destin parcimonieux ne me les mesurait-il pas au compte-gouttes? Et puis, comment faire comprendre à celui qui vous est devenu étranger que là-haut seulement, où nul bruit humain ne venait se mêler à l'assaut du vent et au déferlement des vagues, je me sentais vivre, vraiment vivre? Que tout le reste était sans importance.

Comment lui dire que je le fuyais plus que les autres?

***

La perle noire est dans ta main, Maxine dite Sauvageon. Elle ne disparaîtra pas, pas plus que les traces de sang dans les blanches mains de Lady Macbeth.

Si tu revenais en arrière, si tu repartais du commencement, du tout début de ton histoire, peut-être que tu retrouverais le fil perdu... Peut-être que tu comprendrais enfin... Peut-être... Même si nul autre bien ne peut en résulter. Car ton père ne reviendra plus s'étendre dans cette chaise longue où tu te recroquevilles comme pour y chercher un reste de chaleur humaine, de sa chaleur à lui.

- 2 -

— Pourquoi, Papa, que tu m'appelles toujours « Sauvageon »?

C'est la voix d'une petite fille. Cinq ans, cheveux noirs où la lumière met des reflets roux, yeux bleu gris qui tournent au vert dans les moments de colère. La bouche a le sourire de l'enfant qui se sent aimé.

— Hein, Papa, pourquoi? Réponds-moi! Pourquoi?

La voix se fait plus aiguë. Les yeux ont maintenant la couleur du revers de la vague avant la tempête.

L'homme lève la tête. Il range méthodiquement dans une serviette les documents étalés devant lui. Son regard s'abaisse vers l'enfant qui tire sur son pantalon. Ses cheveux sont châtains, mais il a les yeux bleu gris de la fillette.

Il est sur le point de répondre quand une autre voix se fait entendre :

— Voyons, Maxine, laisse ton père tranquille. Tu sais bien qu'il travaille. Va jouer avec ta poupée, ou plutôt viens m'aider avec la vaisselle.

La petite fille lance un regard oblique vers la cuisine mais elle ne bouge pas. Son visage prend tout à coup une rigidité qui étonne. Elle hausse enfin les épaules comme si, sa décision prise, elle n'en accepte pas tout à fait la responsabilité.

Ses doigts s'accrochent au pantalon de son père.

— Papa, tu ne m'as pas encore répondu. Tu ne m'as pas dit pourquoi tu m'appelles toujours « Sauvageon » tandis que Maman m'appelle par mon nom, « Maxine ». Dis-moi pourquoi, et je te laisse tranquille.

Sa main s'est glissée sous le bras de l'homme plongé un instant auparavant dans une lecture de paperasses à l'aspect plutôt rébarbatif.

Ces dossiers ne ressemblent pas du tout aux livres où son père trouve le soir des phrases magiques et des images belles comme celles du paradis. Que peut-il donc y avoir dans ces lignes noires, serrées les unes contre les autres, où il n'y a ni fées ni princesses, et encore moins des jardins et des forêts et des animaux et des oiseaux comme on n'en voit plus? Même la mer, la belle mer, où les voiliers ont des ailes de papillon, n'y figure plus.

Où sont donc passées les vagues qui chantent à l'heure du coucher?

Ces papiers, ces « do-cu-ments », représentent le travail de son père, lui a-t-on expliqué. Ils font partie de sa vie de bureau. Mais que viennent-ils faire là, ce soir, alors qu'il est à la maison, et qu'elle attend?

Elle a bien sa maman — elle n'en voudrait pas d'autre —, mais elle peut l'avoir à elle toute la journée, tandis que ce n'est que le soir que ce grand monsieur pénètre dans son univers à elle et qu'enfin tout se referme autour de lui. Là, nulle place pour les femmes ni pour les camarades. Leur heure est passée; le soir appartient aux messieurs beaux comme son père et aux princes des contes de fées qui leur ressemblent. Alors, pourquoi cette idée de travailler après le dîner au lieu de s'occuper d'elle?

Sa mère lui a pourtant répété maintes et maintes fois que chacun doit gagner son pain. Que c'est Dieu qui l'a ordonné après la désobéissance de nos premiers parents. Cependant, elle, Maxine-Sauvageon, n'a jamais bien compris pourquoi le fait d'avoir goûté à un fruit qui les tentait, une simple pomme, a provoqué une condamnation sans appel, les a fait chasser d'un jardin qui devait être aussi merveilleux que ceux qu'évoque son père quand il vient « lui faire la lecture ».

Sa mère lui a aussi fourni des preuves indiscutables que c'est grâce aux longues heures de travail de son père que ses robes, ses jouets, le grand champ de blé avec sa maisonnette au milieu où elle va si souvent se promener avec lui, que tout cela, elle le doit aux « do-cu-ments ».

Qu'il lui faut donc en prendre son parti, et ne pas gâter par sa mauvaise humeur, les moments précieux que lui consacre son père. Et surtout, ne pas le déranger quand il est obligé de travailler le soir à la maison!

Maxine écoute toutes ces explications; chaque fois, elle promet de ne plus faire la tête. Mais elle oublie souvent sa promesse comme en ce moment alors qu'elle répète la même question tel un disque qui se serait enrayé.

— Hein, Papa, pourquoi? Pourquoi? Pourquoi que tu m'appelles « Sauvageon »?

En se tortillant, elle réussit à se faufiler entre les genoux de son père. Elle le regarde d'en bas, impatiente et impérieuse. Puis, sûre qu'elle sera écoutée, ses traits s'adoucissent et un grand sourire ramène le soleil sur son visage d'enfant gâtée.

L'homme dont les tempes laissent déjà percer quelques fils gris passe sa main sur son visage pour en effacer la fatigue d'une journée de travail. Remettant à plus tard la tâche qu'il lui faudra pourtant terminer avant la nuit, il prend l'enfant sur ses genoux et la serre très fort contre lui.

Heureuse d'être choyée, fière d'avoir remporté la victoire, elle s'abandonne aux bras qui l'entourent. Mais elle n'a pas relégué à l'oubli le sujet qui l'obsède.

— Hein, Papa, pourquoi?

Inutile de remettre à plus tard l'explication. Une fois lancée dans ce qu'elle considère ses droits à un éclaircissement ou à une justification, la fillette n'en démordra pas. Le père sait aussi, pour en avoir fait l'expérience, qu'une réponse à la va-vite, loin de la satisfaire, donnera lieu à une crise de colère qui ne cessera que lorsqu'il lui aura promis de ne plus la traiter comme un bébé. D'ailleurs, il ne peut résister à ce sourire qui se donne sans restriction.

À quoi servent les remontrances de sa femme? S'il lui donne raison, il n'en remet pas moins à plus tard le moment de faire comprendre à la fillette que les autres ont des droits aussi indéniables que les siens et qu'il faut apprendre à les respecter.

Plus tard viendra trop vite! Plus tard, d'autres recueilleront ses sourires; d'autres l'arracheront de ses bras. Mieux vaut profiter des quelques années qui lui sont échues et ne pas penser à ce « plus tard » menaçant.

— Tu me demandes pourquoi je t'appelle « Sauvageon »?

Les yeux de l'enfant sont rivés sur ceux de son père.

Son « prince » va enfin lui répondre.

Prince de légende — c'est ainsi qu'elle le voit —, beau, brave, venant toujours à point pour sauver la princesse emprisonnée par le méchant ogre. La princesse? C'est elle, Maxine, non pas enfermée dans une tour, mais toute la journée seule avec sa maman qu'elle sent beaucoup plus raisonnable que son père, qui veut qu'elle soit une enfant sage comme les petites filles de la bibliothèque rose. Elle? Maxine? Elle ne veut être ni raisonnable, ni sage, ni faire partie d'un monde où il faut toujours bien se conduire avec ses camarades, et être polie envers les adultes, qu'ils lui soient sympathiques ou non, et obéir, et ne pas s'isoler dans un coin du jardin ou dans sa chambre pour rêvasser à Dieu sait quoi.

La voix de son père, calme et mesurée, s'est mise tout doucement au diapason de l'enfant.

— Écoute bien! Je vais essayer de t'expliquer. Un sauvageon, c'est une jeune plante qui a poussé comme ça, sans qu'on se soit occupé d'elle. Contrairement aux fleurs de notre jardin que ta maman et moi, nous cultivons soigneusement, ce sauvageon pousse tout seul et survit tout seul, sans l'aide de personne. Tu es comme lui. Tu préfères vivre à ta façon sans rendre de comptes. Tu n'aimes pas qu'on te cultive, ajoute-t-il en riant. Puis, sérieux. Pour obtenir de meilleurs fruits, pour produire de nouvelles variétés de fleurs, on peut insérer au moyen d'une entaille la pousse d'une autre plante sous l'écorce du sauvageon. Cela s'appelle faire une greffe. La greffe, nourrie par le sauvageon, grandit et produit de nouvelles fleurs, de nouveaux fruits qui mûrissent plus tôt ou des fleurs qui résistent mieux au froid. Le sauvageon est donc quelque chose de très précieux puisqu'il peut accomplir une sorte de miracle dans le royaume des plantes. Tu vois ce que je veux dire?

L'enfant fait signe que oui.

— C'est comme dans les histoires que tu me racontes, le soir. Et le fruit du sauvageon, c'est un fruit du paradis?

— Si tu veux, mon p'tit.

— Mais la greffe, Papa, cela doit faire mal au sauvageon?

— Peut-être un peu. Mais ne trouves-tu pas que le résultat en vaut la peine?

— Oui..., fait la fillette, sans paraître tout à fait convaincue. Très vite, elle reprend :

— Et moi, Papa, quelle greffe faudra-t-il qu'on me fasse pour devenir, comme tu dis, une belle plante avec de beaux fruits? Hein, Papa, quelle greffe qui me fera mal?

La réponse se fait attendre. Un accent rauque perce à travers la voix calme de tout à l'heure.

— Je ne sais pas, mon p'tit. Cela viendra avec la vie.

Il s'empresse d'ajouter avec un sourire encourageant.

— Et peut-être que cela ne fera pas mal du tout.

L'enfant n'en a pas fini avec ses questions. Le sujet est trop inquiétant pour qu'elle ne cherche pas à le poursuivre.

— Et toi, Papa, on te l'a fait la greffe?

Le visage de son père s'est assombri.

— Ce n'était pas nécessaire. Moi, j'étais déjà une plante de jardin. Cultivé quand j'avais ton âge, cultivé à l'école, au collège, et jusqu'à ce que je devienne avocat. C'était le désir de mes parents. Ils avaient peu d'instruction. Ils ont tenu à ce que leur fils ne soit pas un illettré comme eux. Ils voulaient que j'aie une profession, que je sois un « collet blanc », comme les messieurs de la ville. Et voilà, je suis devenu avocat.

— Et il vaut mieux être un sauvageon? Il vaut mieux ne pas être une plante de jardin, ne pas devenir avocat?

Le père ne peut s'empêcher de sourire à l'enfant qui le regarde maintenant avec anxiété.

— Cela dépend, dit-il enfin. Les avocats et les plantes de jardin ont leur utilité. Sans eux, la vie serait beaucoup plus compliquée. Si je ne gagnais pas ma vie comme avocat, je ne pourrais subvenir à vos besoins, à ta maman et à toi. Mais le sauvageon, qu'il soit plante, homme ou femme, quand il est greffé, peut produire quelque chose d'extraordinaire : une fleur splendide, un chant merveilleux, une magnifique sculpture, un tableau, un poème. Mais pour cela, il faut qu'il accepte la greffe, même si cela fait un peu mal.

— Mais tu m'as dit que dans le paradis terrestre personne ne souffrait. Ni les hommes, ni les animaux, ni les plantes. Si le sauvageon produit des fruits comme ceux du paradis, il ne devrait pas souffrir.

Et tout à coup, le front buté :

— Pourquoi faut-il souffrir pour faire quelque chose de beau?

— Le paradis terrestre, mon Sauvageon, n'est plus. Mais il y a encore des sauvageons sur terre. C'est sur eux que l'homme compte pour mettre de la beauté dans sa vie. Comme les artistes, par exemple. Tu comprends?

L'enfant n'en est pas tout à fait sûre. Ce langage botanique inconnu, cette création au moyen d'une greffe qui peut s'appliquer aussi bien aux hommes qu'aux plantes, voilà du nouveau. Qui est même inquiétant. Cela ressemble de trop près au catéchisme qu'elle apprend pour sa première communion. Elle se fait plus câline encore.

— Mais tu ne laisseras pas la greffe me faire trop mal. Hein, Papa?

Que répondre à cette enfant en qui il reconnaît déjà une perspicacité qui n'est pas de son âge? Peut-être qu'en effet, comme le lui reproche parfois sa femme, lui masque-t-il la réalité en lui laissant entrevoir un monde qui n'existe pas, qui, hélas! n'a jamais existé. Mieux vaudrait insister sur le fait que tous ces contes, ces légendes, sont sans fondement et qu'il ne faut pas les prendre au pied de la lettre. Mais Maxine y trouve tant de plaisir que lui-même est tombé dans le piège. Et il songe.

Peut-être que lui aussi a été un sauvageon à un moment, mais un sauvageon trop faible pour accepter la greffe qui aurait fait de lui autre chose qu'un avocat de village. Il y a ce champ de blé à deux kilomètres à peine, cette maisonnette au milieu où lui aussi rêve ses rêves d'enfant, mais ce ne sont que des rêves, aussi évanescents que les nuages qui voguent un instant sous le ciel d'été.

N'avait-il pas cru un jour, il y a longtemps, qu'il aurait pu être un fermier pas comme les autres, une sorte de cultivateur-poète-de-la-nature? Vivre en plein air, au milieu des champs, et travailler de ses mains, de ses mains restées trop blanches. Il aurait pu... oui! il sent qu'il aurait pu être un poète de la terre, de cette terre qui n'a jamais cessé de l'appeler. Mais il n'a pas su résister. Et pourquoi ne pas l'admettre? La profession d'avocat était tentante. Elle valait son pesant d'or au Québec à cette époque. Personnage bien en vue, il aurait la considération des gens avec, en plus, la bénédiction de ses parents. Cela n'était pas à dédaigner. N'est-ce pas aussi grâce à sa profession qu'il a rencontré celle qui partage sa vie? Il en remercie la Providence. Mais un regret soudain, une pensée importune, et il en vient à douter du sens de sa vie. De ces moments angoissants, il ne parle à personne; il se contente de fuir vers la campagne chaque fois que l'occasion se présente, ou de se promener avec Maxine dans un monde imaginaire.

Les yeux de l'enfant ne le quittent pas. Une petite lumière inquiétante brille tout au fond.

Aurait-elle pénétré le secret qu'il a toujours cherché à cacher?

Mal à l'aise, comme s'il venait de montrer son cœur à découvert, il change vite le ton de la conversation sans oser toutefois en abandonner le sujet.

— Je t'appelle aussi « Sauvageon », parce que tu es mon enfant sauvage qui goûte bon quand je l'embrasse, comme la fraise des bois.

***

Tu te souviens, Maxine-Sauvageon?

Du fond de la chaise longue où tu te réchauffes lentement sous le soleil déjà plus haut dans le ciel, tu revois l'enfant de cinq ans. Tu entends ses paroles et celles de son père, et tu souris à la fillette innocente et naïve, à sa foi inébranlable en celui qui était le personnage le plus merveilleux de l'univers fabuleux qui n'a duré qu'un pauvre moment.

« Mon père! » Quels mots étaient plus doux! Quelle présence plus envoûtante! Il était le magicien qui, d'un coup de baguette, écartait les rideaux de ta vie de petite fille ordinaire pour te révéler ce « vert paradis » qui est le privilège exclusif de l'enfance, ou de ceux qui ont gardé sous les traits de l'adulte leur côté enfant.

Ton univers à toi, Maxine-Sauvageon, avait toutes les couleurs de l'arc-en-ciel. Tous les rêves étaient permis. Y surgissaient les êtres les plus extraordinaires et des animaux inconnus aux mortels. La mer bleue était piquetée de papillons blancs, et des fleurs géantes couvraient le sol. Leur parfum se mêlait à la musique des vagues, et toutes les « correspondances » avaient droit de cité.

Comment pouvais-tu l'avoir oublié et comment peux-tu, en ce moment, l'un de tes derniers, ne pas t'arrêter longuement sur deux visages : l'un, ouvert à toutes les merveilles qu'on lui révélait, époque à jamais révolue; l'autre, celui du voyant qui n'avait jamais voulu pactiser avec la vie?

L'histoire du sauvageon? C'était sa façon d'expliquer à un enfant, lui qui était resté enfant, ce que l'on pouvait attendre ou faire de la vie réelle. Non seulement ses paroles s'étaient adressées à l'enfant que j'étais, mais aussi à l'enfant en lui, à celui qui avait refusé de grandir.

Tu ne lui as pas pardonné ce que tu as voulu plus tard traiter de faiblesse.

Et la goutte de sang est dans ta main. Et Maxine-Sauvageon n'a plus le goût de la fraise sauvage au bord des bois.

- 3 -

Prince de l'évasion, voilà ce qu'était mon père pour l'enfant que j'étais. Rien n'était plus évident lorsque tous les deux, la main dans la main, nous fuyions le village et ce qu'il représentait d'embûches à notre liberté pour le champ de blé à deux kilomètres de ce que nous appelions « la frontière ».

De « frontière », il n'y en avait pas. Aucune ligne de démarcation ne séparait village et campagne : le premier s'écoulait lentement comme un ruisseau dont la source tarit. Les magasins et les quelques bureaux du centre peu à peu faisaient place aux grandes maisons et aux jardins bien entretenus. La grand'rue s'écartelait en une série de petites rues bordées de maisonnettes modestes aux tons de pastel. Il y avait bien çà et là quelques vieilles bicoques qui tranchaient sur les dehors de prospérité qu'arborait ce village albertain depuis la découverte du pétrole. Leurs habitants, pour la plupart de récents émigrés de l'Europe centrale de l'après-guerre, y demeuraient le temps de s'adapter aux conditions nouvelles ou d'amasser l'argent nécessaire à l'achat d'un meilleur logement. Y vivaient aussi quelques familles que l'on ne considérait pas du « meilleur monde ». Leurs nombreux enfants, dépenaillés, crasseux, traînaient aux alentours, la cible de propos méprisants de la part de ceux qui auraient voulu que tous se conformassent à leur conception d'un village en voie de devenir petite ville. Du quartier des Métis, il ne fallait pas en parler. Il s'étendait vaille que vaille de l'autre côté de la voie ferrée. On entendait, le soir, aboyer leurs chiens. Les enfants blancs ne frayaient pas avec les enfants métis, et les parents anglophones, francophones, ukrainiens, polonais, évitaient autant que possible les adultes métis embauchés pour les besognes les plus humbles : enlèvement des ordures, déchargement des marchandises, déblayage des rues, l'hiver. Ils étaient aussi les fossoyeurs du village.

Comment est-ce que je savais tout cela alors que j'avais à peine atteint mes cinq ans? Par mon père d'abord à qui toutes ces distinctions ne plaisaient guère, et aussi parce que rien n'échappait à ma curiosité. Déjà, à cinq ans, quand je pouvais quitter un instant l'univers imaginaire qui était le mien propre, je me rendais compte, comme disait mon père sans que je le comprenne tout à fait, que tout n'était pas pour le mieux dans le meilleur des mondes. Mais je détournais vite les yeux de ce qui me paraissait injuste ou laid pour revenir à mes moments privilégiés.

Ce n'était pas la saveur d'un petit gâteau trempé dans une tasse de thé qui leur ouvrait la porte; c'était la gaieté soudaine dans la voix de mon père et l'éclair qui le transfigurait. Le professionnel aux gestes précis, aux paroles doctes, tel qu'il apparaissait à ses clients — j'avais eu l'occasion de le constater plus d'une fois —, échappé de l'horizon limité de son bureau d'avocat, retrouvait par une étrange alchimie l'agitation fébrile du petit garçon d'autrefois. C'étaient des courses folles dans le sentier qui conduisait à la ferme, des rires et des bribes de chanson qui n'avaient nulle raison d'être sauf que nous étions heureux et qu'il fallait donner libre cours à cette joie sans raison.

Plus nous approchions du champ de blé qui s'étendait jusqu'à l'horizon, plus je sentais mon père avide d'espace, de terre non piétinée, non goudronnée, mais traitée avec amour, respectée et soignée, elle qui, disait-il, ne se refusait jamais. Le but de ces randonnées était toujours le même : retrouver la terre, la vraie terre, celle de la campagne qui nourrit l'âme de l'homme en même temps qu'elle nourrit son corps.

Le nez en l'air, je gambadais tantôt devant tantôt derrière, jeune chien grisé par l'odeur entêtante qui s'élevait tout autour.

« Tu vois, fifille, m'a dit mon père un jour de fin d'été où, au lieu de se rendre à son bureau comme d'habitude, il avait pris avec moi — c'est bien le cas de le dire — « la clef des champs », tu vois tout ce beau blé? »

Ce disant, il avait tendu les bras vers *son* champ comme pour l'étreindre, façon de se l'approprier davantage. Car il en était le propriétaire, ayant acheté le terrain, cent soixante acres, alors qu'il était encore en friche. Maman ne l'avait appris que beaucoup plus tard lorsqu'il lui avait proposé de construire au milieu de ce champ qu'il faisait défricher un peu plus chaque année une vraie maison de campagne telle qu'il y en avait au Québec. Ils y auraient habité, et lui aurait fait le trajet matin et soir de la campagne au village et vice versa dans une Ford d'occasion qu'il projetait aussi d'acheter. Restée citadine malgré les dix ans qu'elle avait déjà passés dans ce village où ils étaient venus en quittant la ville de Québec, où elle avait toujours vécu, et où mon père avait fait ses études, elle avait refusé avec un sourire. Ce sourire qui ne la quittait jamais, sous lequel se dérobait une fermeté parfois déconcertante. Mais elle avait laissé mon père s'y bâtir une petite maison, ayant deviné qu'il serait toujours un campagnard que la paperasserie aussi bien que les multiples ficelles de son métier exaspéraient. Ce qui ne l'empêchait pas de se méfier des enthousiasmes soudains, parfois irraisonnés, de celui qui était devenu avocat par la force des choses, et qui ne se l'était pas pardonné.

Il faisait un temps magnifique ce matin où tous les deux, père et fille, nous filions vers la campagne sans dire un mot, un regard échangé ayant suffi pour nous comprendre. Temps merveilleux comme l'on n'en voit qu'en Alberta à la fin d'août, juste avant la moisson! Temps de paradis sur terre, qui convenait on ne peut mieux à mes exigences de petite fille rêveuse. Heures bénies que je retrouve aujourd'hui alors qu'il est trop tard.

***

Pourquoi ce tressaillement douloureux au souvenir d'une journée d'été à la campagne? Tout cela est si banal et si loin, et la perle sous ta paupière ne peut que te rappeler l'autre perle, l'horrible perle noire dans ta main.

Ton père, ce prince à la voix enchanteresse, qu'en as-tu fait? Dis, qu'as-tu fait de ton père, Maxine-Sauvageon?

Je le revois ce jour-là; j'entends ses paroles. Je ne puis fermer les yeux sans qu'il se retrouve derrière mes paupières. J'ai beau me boucher les oreilles, je l'entends comme s'il était à côté de moi.

Je le vois, vous dis-je, tel qu'il était ce beau matin d'août, et cela fait mal. Comme cela fait mal! Comme je t'ai fait mal, Papa! Mais toi aussi, comme tu m'as fait mal, et comme je t'ai méprisé et détesté!

Il m'a fallu apprendre à vivre seule. L'amère solitude, ma compagne haïe, ma compagne de prédilection!

Je divague. Mon père n'est plus, et moi, j'attends. Quoi au juste? La réponse se trouve-t-elle vraiment au fond du petit tube de verre que je serre d'une main qui tremble?

***

— Sauvageon, tu vois ce blé? Regarde, le vent le berce et le soleil le caresse. Ses épis se balancent tout doucement comme une mer dorée qui moutonne à l'infini.

Il se parlait à lui-même autant qu'à moi, mais son plaisir eût été moins vif s'il n'avait pas eu à ses côtés l'enfant qui était son semblable.

— C'est comme Alice au pays des merveilles, hein. Papa? Moi, je suis Alice, et toi, Papa, tu me découvres mon pays des merveilles.

Fronçant les sourcils dans un effort pour comprendre, j'ai ajouté :

— C'est comme si tu voyais quelque chose derrière ce champ, quelque chose que personne d'autre ne voit. Et j'ai conclu : tu es une lanterne magique. Tu vois un autre monde.

De joie, je battais des mains et je l'encourageais à me décrire ce qu'il voyait et que les autres ne voyaient pas.

Plus tard, j'ai compris que pour mon père, homme de jugement respecté de ses confrères, la terre était beaucoup plus que la *Magna Mater* nourricière ou la Grande Déesse de la fécondité; elle était aussi et surtout Vénus, reine de la Beauté, comme de la Vie universelle. Et jusqu'à sa mort, elle a été son amie, peut-être bien sa seule amie.

Il a fait un geste comme pour nier ce que je venais de dire. Cependant, se penchant, il avait recueilli un peu de la terre grasse et noire, l'humus riche du sol des prairies.

— C'est ça, la terre, ma petite fille, a-t-il repris. La vraie terre! Celle qui nourrit et embellit notre monde. Sans elle, il n'y aurait ni blé, ni arbres, ni fleurs, ni sauvageons. Aucune œuvre d'homme, si grandiose soit-elle, ne peut remplacer cette poussière magique. Ne l'oublie jamais! Et surtout, ne t'en moque jamais!

Il l'a écrasée dans sa main; il l'a malaxée et pétrie de ses doigts aux fortes phalanges qui trahissaient chez lui l'ascendance paysanne, puis il l'a laissée retomber tout doucement.

Son regard a embrassé une fois de plus la toison dorée qui frémissait d'un bout à l'autre sous la brise de midi. Quelque chose comme un soupir lui a échappé.

— Viens, Sauvageon. Viens, petite. Il faut rentrer maintenant.

Me prenant par la main, il a prononcé des paroles qui ressemblaient à une chanson un peu triste que je devais reconnaître plus tard au cours de mes études. « Adieu, vive clarté de nos étés trop courts... » Comme il avait eu raison, mon père! Son été n'a pas duré, et le mien n'a jamais vu le jour.

Mon printemps avait été trop beau. Aucun été ne pouvait survivre à cette profusion de rêves où j'évoluais aux côtés de mon père.

Le monde magique disparu, la mer tout en or, ou d'un bleu piqué de papillons blancs, a tourné au bleu sombre de la tempête.

- 4 -

La faim ou l'angoisse te tenaillent, Maxine-Sauvageon, et le soleil continue à monter au-dessus des pins. Les oiseaux font la sieste; du moins, on ne les entend plus se répondre d'un arbre à l'autre. Le grésillement des insectes interrompt à peine le silence de ce début d'après-midi, ou de cette fin de matinée, car comment le savoir puisque tu as tout laissé derrière : montre, sandwich, et jusqu'à la bouteille de whisky dont tu commences à rêver au milieu de cette chaleur sous laquelle la nature elle-même préfère dormir. Les oiseaux et les insectes se taisent volontiers dans le silence universel. Il n'y a pas jusqu'à l'arbousier qui n'ait cessé de se balancer au-dessus de la baie d'où les eaux se sont retirées.

Immobile, la forêt n'est plus que l'arrière-plan du drame qui va se dérouler, de péripétie en péripétie, jusqu'à son dénouement préordonné.

Tout dort, sauf toi, crispée au fond de ta chaise longue, attendant le mot d'ordre, le déclic de la mémoire qui va tout remettre en marche.

Et tu détournes la tête, et tu ne veux plus penser à rien. Dormir, oui, dormir, comme tout ce qui t'entoure, c'est cela qu'il te faudrait, et peut-être qu'alors l'affreux présent disparaîtrait. Dormir! il y a si longtemps que tu n'en connais plus le sens.

Tu hésites encore? Espérant quoi? Un instant de répit, l'entrée en scène d'un inconnu.

N'importe qui, n'importe quoi, pourvu qu'une circonstance imprévue te tire des entrelacs dans lesquels ta pensée se débat, pour que tu puisses respirer encore une fois, une toute petite fois, librement, sainement, délivrée pendant un moment de l'angoisse qui te sert dans son étau.

Toi qui as toujours voulu vivre seule, avec toi-même et pour toi-même, que ne donnerais-tu pas maintenant pour entendre une parole amie? Mais rien, tu le sais bien, rien ne répondra à ton attente.

Seule, tu l'as toujours été; tu l'as été depuis le jour où... L'amitié, l'entente fraternelle, l'amour partagé, de cela, tu n'as pas voulu. Il te fallait l'impossible. L'humain était trop peu pour toi. Quand une fois tu as reconnu la fragilité de ses illusions, tu t'en es détournée. Méprisante et haineuse, tu n'as eu dès lors qu'un seul désir, celui de te venger. Eh bien, reste avec ta vengeance, ton unique pécule, Sauvage-Sauvageon, le summun de ton existence.

***

Je monologue; je me raconte à mi-voix. Puis-je faire autrement quand il n'y a âme qui vive qui puisse ou qui veuille m'entendre? Seule à Gethsémani! Je puis suer eau et sang; la nature dort comme autrefois les apôtres.

Allons! qu'on lève le rideau! Le Prologue a terminé son boniment, ce cher Prologue qui a révélé la petite fille heureuse, le Tirésias qui a entendu au loin gronder la tempête. Il reviendra en temps opportun vous faire part de l'état d'âme de la jeune fille que j'ai été, de la femme que je suis devenue, l'Electre des temps nouveaux qui s'est vengée sur elle-même autant que sur les autres de la disparition d'un Agamemnon qu'elle avait voulu surhumain.

Levez le rideau, vous dis-je. Qu'on frappe les trois coups, et que la mécanique démarre pour que j'en finisse, moi aussi.

***

Huit ans!... Je venais d'avoir huit ans.

Un jour, au retour de l'école, ma mère, d'habitude peu démonstrative, m'attira à elle. Un peu étonnée, quasi inquiète, je me suis tout de même laissée embrasser et serrer dans ses bras.

Ma mère, que j'ai rarement vue sans un sourire sous lequel — je m'en suis rendu compte quand il a été trop tard — elle cachait non seulement une fermeté étonnante dans un corps si frêle, mais aussi une tendresse timide envers tout et tous, m'a fait asseoir sur un tabouret à ses pieds. Son sourire, ce jour-là, avait quelque chose de craintif et d'implorant comme si elle désirait solliciter mon approbation, et qui sait? peut-être éveiller un sentiment de solidarité entre mère et fille. Solidarité que j'avais plus ou moins inconsciemment gardée pour mon père.

Elle m'aimait autant et sans doute mieux que celui-ci puisqu'elle n'hésitait pas à me gronder et même à me punir, ce que n'osait jamais mon père. C'est sans doute pour cela que, sans trop en pénétrer la raison, c'était vers elle que j'accourais quand j'avais des ennuis. Et pourtant, parce que je l'avais à moi à tous moments, elle était pour moi chose établie, constante, toujours identique à elle-même, de sorte que j'oubliais facilement sa présence lorsque les ailes de Mercure de mon père me transportaient avec lui hors de la réalité.

Elle avait l'air fatigué. Le cercle bleuâtre sous ses yeux soulignait la pâleur de son visage. Même après tant d'années passées loin de la ville à respirer l'odeur des champs, l'été, et la froidure de l'hiver albertain, elle avait gardé le teint pâle de sa jeunesse citadine. Cet après-midi de mes huit ans, elle me parut d'une blancheur presque transparente — c'est ainsi que je me la représente aujourd'hui —, les traits affinés par ce que l'on pourrait appeler une vie intérieure plus intense, et le regard rayonnant d'une douceur qui me réchauffait toute.

Malgré la sensation de bien-être qui m'avait enveloppée au moment où elle m'embrassait, j'ai pressenti que tout n'était pas comme d'habitude. Qu'elle avait besoin de moi. Qu'il était nécessaire que je comprenne et que j'accepte ce qu'elle avait à me confier. Que j'en sois heureuse!

Je me suis souvenue de certaines paroles de mes camarades, paroles qui, à vrai dire, m'avaient paru de peu d'importance. Un nœud s'est aussitôt durci en moi. Incertaine, inquiète, j'ai voulu faire la brave et c'est avec une certaine désinvolture qui touchait presque à l'impertinence que j'ai demandé :

« Qu'est-ce qu'il y a, Maman? Dis-le vite, parce que je veux aller jouer avec Jeanne et Alice. Elles m'attendent. Et puis, j'ai aussi mes devoirs à faire. »

Plus âgées que moi d'un an ou deux, Jeanne et Alice étaient mes camarades préférées. Elles me renseignaient, à leur façon, sur bien des choses que je commençais à deviner et desquelles je n'osais parler à mes parents, ni à ma mère et encore moins à mon père. Mais ni elles, ni aucune autre camarade, ne pénétraient dans mon univers privilégié. Je jouais avec elles à cache-cache, à la marelle, mais je les quittais sans remords dès qu'apparaissait mon père. Et ma curiosité plus ou moins satisfaite sur les rapports père-mère, homme-femme, il m'arrivait souvent de les oublier pendant de longues heures, et de rejeter comme laid et improbable ce qu'elles venaient de m'apprendre en secret. Cependant, je ne croyais pas du tout d'autres plus jeunes qui affirmaient qu'un bébé poussait tout à coup sous un chou (et pendant l'hiver? demandais-je), et j'avais plus d'un doute sur ce que m'avait répondu ma mère la seule fois que j'osai la questionner, que c'était le petit Jésus qui apportait aux parents l'enfant qu'ils désiraient.

Je me demande aujourd'hui si sa réponse ne contenait pas plus d'une parcelle de vérité : mon éducation chrétienne — celle-ci n'est-elle pas en partie responsable du sentiment de culpabilité qui m'accable? — me porte encore à croire que l'humain n'explique pas le monde.

« Écoute, Maxine, j'ai quelque chose d'important à te confier. »

Elle hésitait, cherchait ses mots, ce qu'il fallait dire au petit être sauvage devant elle.

Je regimbais déjà, pressentant que ce que j'allais apprendre me serait hostile.

Le sourire de ma mère me parut suspect. Il n'avait plus la fermeté que j'affectionnais tout en la craignant, et que j'aurais peut-être voulu imiter s'il n'y avait pas eu en moi un penchant trop marqué pour l'imaginaire, le chimérique, pour tout ce qui, effectivement, me rapprochait d'un Agamemnon à la lanterne magique, d'un Hermès aux pieds ailés.

Je me raidis brusquement pour lutter contre toute exigence, lors même qu'il me faudrait réprimer le sentiment de pitié qui me pressait d'acquiescer, de céder à ce que me demanderait ma mère dans cette confidence qu'elle tenait à me faire. Comme elle, j'attendais, moi aussi, les griffes rentrées pour l'instant, mais prête à défendre mes droits, mon monde contre toute attaque, même celle qui devait venir sous le couvert du sourire de ma mère.

Elle se pencha vers moi. Elle prit entre ses longs doigts effilés mes doigts courts qui rappelaient ceux de mon père, et qui étaient glacés. Elle se mit à les frotter tout doucement.

« De quoi as-tu peur, mon loup? Ce que je vais t'annoncer devrait te faire plaisir. »

Son « loup! » C'était ainsi qu'elle m'appelait. Maman, dans les rares occasions où elle se départait d'une pudeur qui — cela aussi je l'ai compris trop tard — cherchait à déguiser une sensibilité trop facilement atteinte.

Je me suis méfiée de ses dernières paroles.

« Qu'est-ce que tu veux dire. Maman? Et qu'est-ce qui doit me faire plaisir? »

Mon ton rogue n'avait pas été entièrement voulu. J'étais nerveuse et malheureuse.

« Est-ce que tu n'aimerais pas avoir un petit frère, ou peut-être une petite sœur? Au lieu d'être trois comme maintenant, nous serions une famille de quatre. Ce serait bien, tu sais, une famille de quatre : deux parents et deux enfants. Nous serions à égalité, tu vois.»

Je ne voyais pas du tout; je ne voulais pas voir.

Elle allait continuer lorsque je l'interrompis brutalement :

« Je ne veux pas de famille de quatre. Je veux rester comme nous sommes. Trois, c'est préférable à quatre. »

Le nœud de résistance qui s'était formé en moi avant même d'en connaître les motifs monta d'un coup à ma gorge.

Dans un cri, je lançai à ma mère :

« Je ne veux pas de petit frère, ni de petite sœur. Je ne veux personne. Tu entends? Personne! »

Et j'éclatai en sanglots.

L'univers que je m'étais créé avec mon père sombrait. Un petit frère! Une petite sœur! Qu'est-ce que j'avais à faire avec cela? Frère ou sœur? Ils se faufileraient dans *mon* monde, dans *notre* monde, celui que nous avions édifié ensemble, mon père et moi, au cours de nos promenades, pendant la lecture qu'il me faisait le soir, celui qui était à *nous*. Rien qu'à nous! Non! jamais je n'accepterais qu'un autre y prît place.

Ma mère m'attira à elle.

« Tu n'es pas raisonnable, Maxine.»

À travers mes sanglots, j'ai perçu une note insolite, un accent douloureux que je n'avais jamais entendu. Je me suis sentie coupable. J'aurais voulu lui dire que j'étais contente, raconter n'importe quoi pour que sa voix redevienne celle de tous les jours. Pour qu'elle n'ait pas de peine; je ne voulais pas la blesser.

Maman reprit doucement :

« Il faut que tu m'écoutes, ma fille. Tu as huit ans, tu es presque une grande fille. La grande fille de la maison! Tu es sérieuse, tu travailles bien à l'école, et (elle esquissa un sourire qui se voulait taquin mais qui n'était, en réalité, qu'un pauvre sourire) tu consens parfois à m'aider dans la maison. »

Ce que Maman ne pouvait savoir, c'est que, en l'aidant, comme elle disait, je rêvais; je n'étais ni à la cuisine ni à épousseter les meubles, j'étais ailleurs, dans mon *ailleurs* merveilleux avec mon père et sa cohorte fabuleuse.

Elle poursuivit en me serrant très fort : « Dans les contes de fées, la fée bienfaisante veille toujours sur l'enfant dans son berceau. Pourquoi ne pas être cette bonne fée pour un petit frère? Ton père serait content. Depuis longtemps, il désire un petit frère pour toi, compléter la famille, *notre* famille. »

Dans son désir de me concilier. Maman m'avait porté un coup fatal.

Mon père serait content! Mon père à moi, mon père de rêves et des légendes désirait un fils! Je ne lui suffisais donc pas?

Quelque chose s'est brisé en moi, une bulle de bonheur si fragile que, même à cet âge-là, et sans m'en douter, j'avais dû protéger contre toute atteinte, si légère fût-elle. Du moins, c'est ainsi qu'aujourd'hui je m'explique le déchaînement d'une colère aussi dévastatrice.

Je n'en voulais pas à ma mère; elle n'était qu'une femme, et n'était-ce pas là le rôle de la femme? Voilà comment mes camarades de ce petit village envisageaient encore la vie à cette époque. Jeanne et Alice avaient bien essayé de me l'expliquer avec des sourires ambigus et des ricanements qui en disaient long sur les procédés nécessaires pour fabriquer un enfant. Mais, tout au fond de moi-même, je rejetais leurs bavardages. Ils étaient laids. Je ne pouvais concevoir que mes parents, mon père, eussent agi ainsi. De ma mère, j'avais pitié. Si, en ce moment, je me voyais devenir son alliée par ma féminité incontestable, l'instant d'après, je repoussai violemment tout ce qu'il pouvait y avoir de féminin en moi.

Je cessai de pleurer.

J'ai fait un bond en arrière pour échapper à sa douceur trop persuasive. Je l'ai regardée droit dans les yeux et j'ai crié du haut de mon mépris :

« Vous êtes sales, tous les deux, toi et Papa. Papa surtout! Et je vous hais! »

Ma mère a porté sa main à son ventre. Une douleur subite en était-elle la raison? Je ne le lui ai pas demandé.

Elle a fait un dernier effort pour me fléchir.

« Viens, dit-elle, me tendant les bras. Viens. Mets ta main là — elle indiquait sous sa taille épaissie son ventre légèrement bombé —, tu vas sentir battre un cœur, un tout petit cœur, c'est celui de ton frère. »

Elle semblait convaincue, comme moi d'ailleurs, que l'enfant à venir serait un enfant mâle, qu'il serait mon frère, à moi qui n'en voulais pas.

J'ai fait signe que non, et j'ai tourné les talons pour fuir, pour aller plonger ma tête sous mon oreiller afin de ne plus rien voir ni attendre.

Mais j'avais vu! J'avais vu, ce que je n'avais jamais vu auparavant : une larme couler le long de la joue de Maman.

Avant de claquer la porte derrière moi comme c'était bien mon intention, je me suis retournée pour m'assurer que je n'étais pas victime d'une illusion. Que c'était vrai que Maman pleurait.

C'était vrai! Maman pleurait doucement, sans bruit, comme tout ce qu'elle faisait.

J'ai fait un pas vers elle. J'ai levé ma main pourtant si froide et si lourde pour aller à mon tour essuyer ses larmes. Mon geste est resté en suspens. Mon bras est retombé le long de mon corps. Pas un mot n'est sorti de ma gorge et je suis sortie lentement, à reculons, tenant bien la porte pour l'empêcher de grincer.

- 5 -

Que faut-il ajouter? Que j'ai boudé pendant des semaines. Que j'ai tout refusé : les marques de tendresse de ma mère qui cherchait en vain à me cacher son anxiété, les efforts pathétiques de mon père pour renouer le lien qui nous avait si longtemps unis. La vision féerique avait disparu de ma vie, ou plutôt le peu qui en restait, je le gardais à part, pour moi seule. Je ne le partagerais plus jamais avec personne.

Mon père était maintenant un homme comme les autres. Finies les courses folles dans le champ de blé où lui et moi, nous avions si souvent joué à cache-cache. Où je disparaissais parmi les épis, et d'où je l'appelais avec des hou! hou! couverts de rires. Le charme était rompu; je n'avais que faire d'un père qui n'était qu'un parmi tant d'autres, semblable à ceux de mes camarades, rapetissé à la mesure de l'humain.

Certes, je suis retournée plus d'une fois, en cachette, à la mer de blé. Jusqu'à l'arrivée des moissonneurs, car, après, je n'ai plus voulu voir les poils hérissés du champ tondu, débris du monde enchanteur que j'avais connu.

Chose bizarre! je n'avais pas remarqué, les années précédentes, la mélancolie d'un champ de blé réduit par la moissonneuse-batteuse à une bourre piquante qui déchirait les jambes. Était-ce parce que mon père me parlait alors de la nappe soyeuse qui recouvrirait cette nudité qui m'a paru atroce, cette année de mes huit ans? La nappe où viendrait se jouer les rayons timides du soleil d'hiver et où, à la nuit tombante, se reposeraient les ombres mauves au creux des sillons? Était-ce aussi parce que mon père, ce magicien des mots, me racontait la légende de Proserpine, fille de Jupiter, dieu des dieux, et de Cérès, déesse de la moisson, m'expliquait que les mois que passait Proserpine aux enfers symbolisaient le repos avant le renouveau du printemps? Je ne savais pas trop où situer le Dieu chrétien, celui dont me parlait ma mère, le dieu dont le Fils était mort pour nous sauver, mais ces apparentes contradictions dans le gouvernement de l'univers ne me choquaient guère. Évidemment, je préférais les explications de mon père; elles permettaient à mon imagination avide de merveilleux de s'envoler vers des régions que seuls fréquentaient mon père et moi.

Pauvre folle du logis! Ma mère avait raison d'essayer de la contenir.

Je me demande aujourd'hui ce qu'il aurait fallu pour ouvrir les yeux d'un enfant à la vie réelle, à ses difficultés, à ses joies éphémères, lorsqu'un père poétise tout dans un effort pour revivre à travers son enfant sa propre enfance...

Ma pensée tantôt dépasse le drame pour en éloigner le souvenir, tantôt revient sur ses pas comme pour retrouver l'enchantement d'avant mes huit ans. Car c'est à huit ans que j'ai enfin compris que l'impossible n'était pas de ce monde, que le prosaïque l'emportait sur la poésie, que la lune n'était qu'un astre comme les autres, et qu'un champ de blé n'était... qu'un champ de blé.

***

Les mois passèrent les uns après les autres, lentement, tristement. Les ailes coupées, je ne planais plus au-dessus du quotidien. Ou si parfois cela m'arrivait encore, je chassais vite l'appel douloureux. Les oreilles bouchées contre le chant de sirènes qui m'arrivait de loin en loin à travers la voix paternelle, je refusais de l'entendre et je me plongeais vite dans mes livres à moi.

Mais pourquoi ne pas avouer que c'était un autre rêve que je vivais?

Je me suis aventurée avec Robinson Crusoé dans une île déserte où j'ai trouvé, moi aussi, mon Vendredi. J'ai fait le tour du monde avec Jules Verne et j'ai combattu aux côtés de Don Quichotte. Et que d'autres romans d'aventures : les chevaliers de la Table Ronde ont eu leur tour ainsi que Gulliver au pays de Lilliput. Je ne comprenais ni leur portée philosophique ni leur intention morale. Ce qui m'attirait, c'était l'évasion dans un monde où je ne retouvais rien du mien...

Il y a là une part de mensonge, car chaque héros portait les traits de mon père; tout acte de bravoure, je le lui accordais. Si, chaque jour, je m'éloignais de plus en plus de celui qui s'était rabaissé au niveau des autres hommes, je le retrouvais cependant dans mes livres d'enfant, grandi par l'art, auréolé de vertus que j'étais sans doute seule à voir. L'homme-Mercure, l'Agamemnon que j'avais créé, devenait selon mes lectures, un Vercingétorix martyr, un Richard Cœur de Lion, un saint Louis. Il se confondait avec quelques personnages plus récents : le Montcalm des Plaines d'Abraham, le Napoléon de la Grande Armée. Mais c'était toujours le même regard gris bleu, les mêmes cheveux châtains aux tempes grisonnantes.

J'ai rompu avec Jeanne et Alice. Je me suis prise d'une amitié soudaine pour les fils de nos voisins. J'ai grimpé les arbres avec eux; j'ai appris à lancer le ballon sans perdre l'équilibre. Ma robe flottait au vent quand je me résignais à en porter une, car j'avais opté pour le pantalon, comme les garçons. Un garçon! c'est ce que je m'efforçais d'être. Pour confondre mon père et son désir de fils!

Mon père ne disait rien — de toute sa vie, il ne m'a rien reproché —, mais je goûtais un plaisir mauvais devant son air déçu quand je rentrais les cheveux en broussaille, une traînée de terre sur le visage, et les vêtements en lambeaux. Je n'avais plus rien d'une fille; je ne voulais plus en être une. Et tant pis si mon père souffrait de cette métamorphose!

Ma mère gardait aussi le silence sur cette soudaine transformation. Sans doute avait-elle mieux pénétré que mon père la cause des manières garçonnières que j'affichais. Ce qui me porte à le croire, c'est l'incident qui se produisit un jour, au moment où je m'y attendais le moins, vers le septième mois de sa grossesse.

***

— C'est toi, Maxine?

De son lit. Maman m'appelle.

Pour ne pas l'entendre, je laisse tomber bruyamment sur une chaise la pile de livrets que j'ai rapportés de l'école.

Sa voix s'élève de nouveau, patiente comme toujours.

— C'est bien toi, Maxine? Viens passer un moment avec moi. Tu iras rejoindre tes camarades tout à l'heure.

Je veux et je ne veux pas. Je n'aime pas voir sa taille déformée, son ventre volumineux qui fait d'elle une sorte de clown dont les rebonds font rire les enfants. Maman à la taille de guêpe! Maman toujours si élégante!

Je n'aime pas le cerne sous ses yeux. J'évite autant que possible de la regarder en face.

Mon regard est devenu aussi faux que mon enthousiasme pour les jeux des garçons, même si je puis maintenant me servir aussi bien qu'eux du lance-pierres contre la cible désignée (sauf contre les oiseaux, depuis que j'en ai vu tomber un, l'aile fracassée). Le football ne m'est plus une énigme ni le hockey que nous pratiquons sur les flaques d'eau gelée où nous barbotions il y a quelques semaines. De ma poupée, de ma belle poupée qui ouvre et ferme les yeux, qui boit comme un nourrisson et ne se fait pas faute de se mouiller l'instant d'après, il ne faut plus en parler. Elle gît au fond du placard où je l'ai lancée après l'histoire d'Alice.

Mais maman m'appelle. Comment ne pas répondre? D'autant plus que, peu à peu, en m'éloignant progressivement de mon père, je me suis rapprochée d'elle. J'ai pitié de ce pauvre être assujetti aux désirs d'un homme. J'ai en horreur la déformation de son corps qu'elle cherche à dissimuler sous l'ampleur d'une jupe foncée, elle qui a toujours aimé les tons clairs. Dans ma naïveté de fillette mal renseignée, je ne m'étais jamais arrêtée à la pensée que le désir de ma mère y eût été pour quelque chose. Je ne pouvais concevoir que ma mère à moi désirât une maternité qui fît d'elle un objet de répulsion pour moi, sa fille, et de dérision pour mes camarades.

C'est pour la défendre que j'ai cessé de voir Jeanne et Alice. Pour la défendre, je n'ai pas hésité à frapper en pleine figure Alice le jour où, jouant à la maman, elle eut l'effronterie, encouragée par l'air narquois de Jeanne, de fourrer ma poupée, ma belle poupée, sous sa robe comme pour montrer qu'elle était enceinte. Elle riait bêtement en me regardant de ses yeux de singe mal réveillé. Ma main a claqué sa joue. Elle s'est enfuie en criant, la main sur son visage où était restée la marque de mes doigts. Jeanne a aussi fait demi-tour, craignant que je ne lui en fasse autant. Et moi, j'ai lancé ma poupée dans le placard, et je n'ai plus jamais joué avec elle. Je me suis tournée vers les garçons que j'avais toujours plus ou moins méprisés, mais qui, eux, ne semblaient pas se préoccuper des étranges opérations de la nature.

La voix de Maman se fait plus pressante.

— Tu viens, Maxine? Viens me raconter ta journée à l'école, mon loup.

Elle a ajouté les seules paroles qui pouvaient mettre en branle la statue que j'étais devenue au milieu de la cuisine.

— J'ai besoin de toi. Tu sais, je m'ennuie un peu toute seule dans ma chambre.

Le médecin lui avait recommandé de se reposer ces derniers temps. Je le savais. Mon père me l'avait dit, d'un air gêné, mais sans m'expliquer pourquoi. Et j'avais été trop fière pour lui en demander la raison.

J'ai accouru en hâte, pour ne pas penser au corps déformé que je trouverais dans la chambre. J'ai enfoui ma tête sous son menton, au-dessus du ventre monstrueux, pour ne pas avoir à le regarder. Mes bras ont serré son cou; une larme a coulé sur ma joue.

Maman a passé sa main sur mon visage.

— Pourquoi pleures-tu, ma chérie? Qu'est-ce qui te fait peur? Tu n'es pas jalouse au moins?

J'ai fait signe que non. C'était faux, car jalouse, je l'étais, jalouse de ce qui bouleversait mon monde, jalouse et haineuse.

Je ne pouvais pas dire cela à ma mère, pas dans l'état où elle se trouvait. Pourquoi lui faire de la peine? Ce n'était pas à elle que j'en voulais.

J'ai murmuré :

— J'ai peur pour toi. Je ne veux pas qu'on te fasse mal.

C'était la vérité.

J'avais entendu les paroles du médecin, le soir où mon père l'avait fait venir.

Maman s'était couchée de bonne heure prétextant un peu de fatigue. Mais j'avais remarqué pendant le dîner le geste avec lequel elle avait pressé son ventre comme si une douleur avait tout à coup éclaté en elle. J'avais cru apercevoir sur son front quelques gouttes de sueur; elle les avait essuyées si vite du revers de sa main que je me suis demandé si ce n'était pas mon imagination qui travaillait outre mesure.

Mon père mangeait distraitement. Moi, je n'arrivais pas à vider mon assiette. Et je n'en voulais pas seulement à mon père; je détestais, avec toute l'intensité d'un enfant qui a peur, l'indésirable qui sapait la vie de ma mère, ce frère à venir dont les droits l'emportaient déjà sur celle qui le portait. Et de lui aussi, j'ai juré que je me vengerais.

Maman n'est pas venue me border ce soir-là. Elle m'a embrassée et m'a dit de me coucher bien sagement, qu'elle viendrait plus tard. Je n'ai pas dormi. J'ai attendu, je ne savais trop quoi.

Mon père avait à peine composé un numéro de téléphone que j'étais debout, l'oreille tendue pour ne pas perdre un mot de la conversation.

J'ai entendu le médecin monter à la chambre de mes parents. J'avais reconnu sa voix. Parmi d'autres mots que je ne comprenais pas, celui de « métrorragie » a frappé mon oreille. Je me suis promis d'en chercher la signification dans le gros dictionnaire de mon père. Je n'ai rien entendu d'autre; la porte de la chambre s'était refermée sur eux. C'est le lendemain que mon père m'a recommandé d'être particulièrement sage parce que Maman avait besoin de repos.

J'ai découvert dans le dictionnaire le mot qui m'avait effrayée. Ignorant son orthographe, j'ai dû tourner plusieurs pages. Je n'en ai pas réellement compris le sens sauf qu'il s'agissait d'une hémorragie « utérine ». Ce dernier mot ne me disait rien. L'arrivée de mon père m'a empêchée de continuer mes recherches. J'ai vite replacé le dictionnaire sur le rayon. Il ne s'est aperçu de rien, ni de mon geste furtif, ni de mon air fautif. Et il n'a pas cru nécessaire de me donner d'explication, ou plutôt il n'y a pas pensé, rassuré sans doute par le fait que je n'étais qu'une enfant de huit ans et que, par conséquent, les questions gynécologiques dépasseraient mon entendement. Il se trompait. Non pas ma mère.

J'avais peur pour elle, il est vrai, et aussi pour moi. Pour ce qui m'attendait plus tard. Parce que ni personne ni rien au monde ne pouvaient empêcher que je ne sois et que je ne reste femme, condamnée par le fait même à une destinée qui me paraissait honteuse et misérable. Et parce que cette certitude m'écrasait de toute l'immuabilité de son poids, je me suis effondrée dans les bras de ma mère, incapable de retenir les sanglots qui m'étouffaient.

Maman a laissé passer le plus gros de la crise. Puis, comme si de rien n'était, elle m'a fait asseoir à côté d'elle sur son lit. Elle a relevé les mèches de cheveux mouillés restées collées à mon visage.

— Ma petite Maxine, ou plutôt ma grande Maxine, car tu es et tu seras toujours ma grande fille, laisse-moi te parler. J'aurais dû t'expliquer bien des choses, il y a longtemps. J'attendais le moment propice. Et il ne se présentait pas, ou je l'écartais à la pensée que tu étais encore si jeune. Qu'il ne fallait pas te placer d'un coup devant une réalité que je sentais que tu n'accepterais pas facilement.

Je l'écoutais. Je ne disais rien, trop occupée à cerner cette réalité qui me paraissait inadmissible et dont elle parlait avec tant de calme.

Elle a repris après un moment :

— Ton père t'a fait connaître le monde merveilleux de l'enfance. Il ne faut jamais oublier la vision qu'il t'en a donnée. Peu d'enfants ont eu la chance d'avoir un père capable de les transporter dans un jardin féerique et de leur faire partager le langage secret de la nature. Toi, tu ne l'as pas seulement connu, tu as eu le privilège de revivre avec ton père son enfance à lui. Tu sais qu'il n'a jamais oublié les années passées dans l'île d'Orléans. (Elle a très vite étouffé un soupir.) Il n'a jamais voulu rien d'autre. Mais vient un moment où il faut se faire une raison. Et le moment est venu pour toi.

Soudain, comme si l'idée venait seulement de surgir dans son esprit (j'ai tout de suite compris que c'était là le point capital vers lequel elle tendait depuis le début), elle m'a posé la question que je redoutais :

— Qu'est-ce que Jeanne et Alice t'ont raconté?

Maman n'avait pas à préciser davantage, elle savait que j'avais compris.

— Mais rien de spécial. Ou du moins je ne me souviens pas.

— Cela ne te ressemble pas de mentir, Maxine. Allons, dis-moi la vérité.

Force me fut de reconnaître que tout subterfuge serait inutile. Je devais la vérité à Maman.

Et c'est en bredouillant que j'ai tout raconté : la description en détail de l'acte conjugal, les convulsions de ce que Jeanne avait appelé « la bête à deux têtes », en passant par les menstrues, cet écoulement de sang qui me dégoûtait et auquel je ne voulais pas croire, pas plus d'ailleurs qu'à la position grotesque de l'homme et de la femme unis dans une passion qui m'était incompréhensible. D'amour, il n'avait pas été question.

J'ai tout dit, mes mains sur mon visage pour cacher ma honte, les yeux fermés bien dur pour que Maman ne voie pas que je commençais à croire que mes parents à moi avaient agi ainsi, et que moi aussi plus tard... je ne résisterais pas davantage au sort de la femme. J'ai tout dit, avec les mêmes mots grossiers que l'on m'avait appris et que j'avais cru avoir complètement oubliés. Ils sortaient de ma bouche, drus, à peine intelligibles, tant j'avais hâte de me débarrasser de l'amas d'ordures dont j'avais été le dépotoir pour deux adolescentes en mal d'une innocence perdue. Mais je n'ai pas parlé de la scène où l'on avait tourné ma mère en ridicule, ni de la gifle que j'avais donnée, ni du rejet subséquent de tout rapport avec Jeanne et Alice.

Maman n'a pas poussé plus loin l'interrogatoire.

Dans notre petit village loin de la grande ville, les mœurs n'avaient pas encore changé. Toute allusion sexuelle était taboue, surtout dans les familles. Voilà pourquoi on avait tendance, j'en conviens maintenant avec regret, à mépriser les femmes du quartier métis. J'en ignorais la raison, mais je me rendais compte que les jeunes Métisses qui fréquentaient mon école attiraient beaucoup les regards. Elles étaient belles avec leur teint café au lait et leurs yeux de velours noir. Les grands garçons riaient en se les montrant du doigt. Mais il était entendu qu'une jeune fille de bonne famille ne les fréquentait pas. Elles n'étaient sûrement pas plus méprisables que celles qui les regardaient de haut, que ceux qui les évitaient avec ostentation pendant la journée mais qui s'empressaient de les retrouver le soir. Les sépulcres blanchis ne devaient pas manquer dans notre village.

Ces pensées me sont venues plus tard quand j'ai commencé à soupçonner ce que pouvait dissimuler un visage au regard clair, que j'ai surpris le courant caché des pensées sous les paroles discrètes.

— Ma chérie, écoute-moi bien, a dit Maman.

Elle a doucement retiré mes mains de mon visage. Elle m'a relevé la tête pour que je puisse la regarder bien en face.

— Tout d'abord, tu vas oublier toutes les sottises qu'on t'a racontées. Car ce sont des sottises, rien d'autre que des sottises de petites filles ignorantes.

Elle n'a fait aucune allusion à la grossièreté de mes expressions ni aux descriptions graphiques dont on m'avait pourvu.

Parler de « sottises » était plus qu'un euphémisme, c'était une litote pure et simple à laquelle ma mère enlevait toute valeur symbolique. Le savait-elle ou avait-elle choisi ce mot avec la certitude née de son intuition rarement en défaut que la pensée de ce qui me paraîtrait stupide ou borné suffirait à me faire repousser les connaissances affichées par mes camarades sur la sexualité? Je me pose la question. Mais je suis persuadée que ce n'était pas de la littérature que faisait ma mère à ce moment-là.

— Maintenant, écoute-moi. Nous t'aimons, ton père et moi, tu le sais. Et nous savons que tu nous aimes.

J'ai fait un violent signe de tête pour bien la convaincre qu'en fait j'aimais beaucoup mes parents. Suspendue à ses paroles, j'avais complètement oublié ma rancune envers mon père et mes désirs de vengeance.

— Il y a un autre amour, a-t-elle repris, un autre amour que l'amour paternel et l'amour maternel, un autre amour que ton affection pour nous. C'est celui qui unit les parents et qui s'appelle « l'amour conjugal. » Et comme tu aimes que ton père te prenne dans tes bras, que je t'embrasse, de même dans le mariage, le mari et la femme manifestent leur amour l'un pour l'autre au moyen de baisers et de caresses. Mais comme ce sont de grandes personnes, et que les grandes personnes craignent de paraître ridicules, elles attendent d'être seules pour se témoigner leur tendresse. Tu comprends ce que je veux dire?

J'ai fait signe que oui.

— Bon. Venons-en maintenant à ce qui t'a choquée, à ce dont tu as peur.

Mon regard n'avait pas quitté celui de ma mère. J'étais si absorbée par cette conversation à une voix que je n'ai pas remarqué tout de suite que la voix de Maman faiblissait.

— Cet amour entre mari et femme conduit tout naturellement à la naissance d'un enfant qu'ils chériront puisqu'il sera le fruit de leur amour. C'est comme une fleur qui pousse après qu'on a semé la graine. Une graine d'enfant, si tu veux, c'est le père qui la possède; la mère est la terre qui la reçoit, qui la tient au chaud, qui la fait pousser. L'homme la donne à la femme qu'il aime, et Dieu fait le reste, comme pour la fleur. C'est aussi simple que cela, et c'est pourquoi Dieu a créé l'homme et la femme avec des organes différents mais qui se complètent. Tu comprends?

J'avais compris ce à quoi ma mère voulait en venir. Aucune autre parole, aucune explication supplémentaire n'était nécessaire. Peu m'importait l'acte par lequel la semence de l'homme était transmise. Il ne pouvait être laid ni ridicule s'il était accompli en signe de tendresse. Maman avait bien su choisir ses paroles. Aujourd'hui encore, alors que je suis on ne peut mieux renseignée sur ce que le monde désigne « amour », j'admire la sagesse qui l'avait fait se tourner vers la nature que j'aimais pour me faire comprendre sans honte ce qu'elle avait appelé « l'amour conjugal ».

Pourquoi a-t-il fallu qu'elle disparaisse si tôt?

C'est en sautillant que je l'ai quittée. Je n'en voulais plus à mon père et j'étais presque prête à accueillir ce petit frère dont l'arrivée m'avait paru si menaçante.

***

Elle est partie dans un sourire, m'a dit mon père. Mais moi je savais que derrière son sourire avait continué à couler le ruisseau de sang, la métrorragie inépuisable. Le petit frère a été emporté avec elle. Il n'y a plus eu de mère, il n'y a pas eu de petit frère.

***

Pourquoi suis-je revenue sur tout cela? Est-ce parce que je me sens coupable aussi de sa mort? Je ne sais plus.

On l'a transportée d'urgence à l'hôpital le même soir. Je n'ai pas pu lui parler. Je cherchais les mots; j'aurais voulu la serrer contre moi qui me sentais tout à coup plus forte qu'elle, et je restais là, sans bouger, incapable de prononcer une parole, de faire le moindre geste.

Elle m'a regardée au moment où on l'emportait dans l'ambulance; elle a souri, comme d'habitude. C'est son sourire qui me hante maintenant, des années plus tard, alors que j'ai peine à me rappeler ses traits.

***

Je vis; j'ai vécu. Trente-huit ans, tout compte fait. Mais à quoi ont rimé ces trente-huit ans? Et à quoi rime la vie? Ah, certes! il y a les mystiques, les agissants, les amasseurs d'argent. Et après? Qu'y a-t-il pour ceux qui ne croient plus en rien, pour ceux qui voudraient croire mais ne peuvent pas?

Et pourquoi des cœurs faits pour aimer mais qui en ont perdu l'habitude?

Le ciel est étrangement silencieux.

***

Je vois toujours cette goutte de sang dans ma main. Elle a grossi depuis tout à l'heure. Ou est-ce l'effet du whisky? Au fait, quand suis-je allée chercher cette bouteille que je croyais avoir laissée dans la voiture? Elle est pourtant bien là, à portée de ma main. À moitié vide. Le tube de capsules rouges est aussi là tout près.

Et ce soleil qui m'écrase! Pas la moindre brise pour me rafraîchir.

L'ombre des pins m'attire, mais j'ai du plomb dans les jambes. D'ailleurs, je ne les sens presque plus.

- 6 -

Je suis restée seule avec mon père. Il y avait bien une étrangère maintenant à la maison, mais elle ne comptait pas. Elle prenait soin de mon père et de moi; elle n'était d'aucune importance.

Le jour des funérailles, mon père m'a promis de ne jamais se remarier. Il a promis comme si ce que je lui demandais était la chose la plus naturelle.

Nous avons repris nos promenades. Mais tout avait changé. Je n'étais plus l'enfant à qui la nature parlait par la voix de son père ni celle qui avait cru à un univers supraterrestre. Le nom de ma mère n'était presque jamais prononcé. Mon père avait bien essayé au début; je me raidissais tellement chaque fois, qu'il avait dû renoncer. Et nous allions vers la campagne le plus souvent en silence, où nous échangions des propos sans portée dans l'espoir de combler le vide qui s'était si brutalement creusé.

Quelle était alors mon attitude envers celui qui avait enrichi mon enfance de tant de poésie, qui m'avait fait vivre tant d'illusions? La poésie s'était enfuie avec les illusions, mais j'en étais restée marquée. J'en ai été marquée pour toujours. Car, qu'a été ma vie sinon une quête perpétuelle pour l'homme-magicien de mon enfance? J'aimais encore sa voix chaleureuse même si je n'étais plus si prompte à croire à son enchantement. Je le trouvais beau avec ses cheveux grisonnants et son regard où l'affection se confondait avec la tristesse de celui que guette la solitude. Je sentais déjà que je ne lui suffirais pas.

J'ai eu neuf ans, dix ans, onze ans.

***

Je suis ivre, ou peu s'en faut. J'ai déjà consommé une demi-bouteille de whisky. Cependant, je me sens plus lucide que jamais.

Les années remontent, l'une après l'autre. La marée aussi. Elle lape comme un chat gourmand le fond de vase de la baie. Sournoise comme un serpent, elle se glisse vers les cailloux de la plage.

Combien de temps lui faudra-t-il pour atteindre le rocher qui m'attend?

Le tronc de l'arbousier est maintenant tout rouge; les lambeaux rouilles de son écorce pendent lamentablement. Le colibri continue son vol affairé. Il ne se soucie même plus du corps affaissé de Maxine-Sauvageon dans son fauteuil aux lanières de plastique jaune, ersatz aussi faux que sa vie.

J'ai regardé la terre, elle était vide
et néant; j'ai considéré les deux, et
ils étaient sans lumière.

La terre n'est pas vide; la nature m'attire toujours, mais elle ne m'aime plus. Moi, ce que j'aime en elle, c'est cette indifférence qui la caractérise et sa violence qui sait si bien anéantir l'œuvre des hommes.

Ce n'était pas ainsi autrefois. Autrefois, je me laissais bercer par le murmure des champs de la plaine. Aujourd'hui, c'est le grand vent dans les pins, qui les fait se courber et craquer, qui me réjouit. Aujourd'hui, c'est dans les grandes colères de mon océan *dit* Pacifique que j'aime plonger, tout au bout de l'île où ni baie, ni crique, ni anse ne restreignent ses emportements.

Pourquoi alors ai-je choisi pour ma dernière journée cette baie paisible, si calme, si calme, qu'elle suffirait presque à endormir la douleur de vivre?

Le soleil d'août flambe dans le ciel. Il m'aveugle, me brûle. Et rien pour me soulager.

Le saut de Pascal? Parier comme lui?

Je n'ai plus l'âge de sauter, et les paris ne me tentent plus.

***

J'ai eu douze ans.

Les années avaient passé sur la tombe de ma mère. J'avais grandi. Je me plaisais à l'école, non pas tellement à cause de mes camarades que rebutaient mon air trop sérieux et mon application à l'étude, mais parce que je découvrais tant de choses nouvelles que mon esprit suffisait à peine à les absorber. Tant de choses que j'aurais aimé partager avec une amie dont les goûts auraient été comparables aux miens. Mais si j'amorçais la conversation en parlant de littérature, d'histoire, ou même de biologie, je m'apercevais vite que j'ennuyais. Et parce que j'en souffrais, je les évitais. Tant et si bien que je me trouvais souvent seule avec un livre pendant les récréations. Ou alors, je les écoutais raconter le dernier film à l'affiche, la vie amoureuse de la star la plus en vogue.

Elles se rapprochaient des garçons, heureuses lorsqu'un d'entre eux offrait de porter leurs livres, et les accompagnait. J'aurais aimé, moi aussi, ce geste d'intérêt qui marquait de son sceau l'élue du moment.

Timide et sauvage, orgueilleuse aussi parce que mes notes de classe étaient meilleures, et parce que je ne savais pas parler leur langage, habituée que j'étais à celui de mon père, je m'empressais de rentrer à la maison tandis que les autres bavardaient au coin des rues, entraient au café boire un cola. Tête haute, je marchais vite pour ne pas entendre leurs rires insouciants.

À douze ans, j'étais encore celle qui avait poussé à l'écart, le sauvageon qu'il semblait impossible de greffer, ou de transformer en plante de jardin, ce jardin ne fût-ce qu'un village nordalbertain. Je ne tenais dans aucun moule, j'étais l'exception. Au reste, j'avais horreur de la masse. La solitude, je la connaissais; du moins, une certaine solitude, car le soir j'avais mon père.

Le soir! c'était encore l'heure vers laquelle je tendais. Par lassitude ou désir de paix, de quiétude, je me suis laissée reprendre par le charme d'autrefois. Oh! il ne s'agissait plus de contes de fées ni de mythes enchanteurs. Cette magie avait eu son temps. Maintenant, j'écoutais mon père revivre son enfance au Québec, dans la ferme paternelle, son chagrin lorsqu'il avait fallu la quitter pour continuer ses études comme le désirait le vieux paysan qui, sachant à peine signer son nom, s'était juré que ses enfants « auraient de l'instruction ». Dans ses yeux, je voyais se dérouler toute une vie que moi, fille de l'Ouest, je connaissais mal. Et j'ai appris à mieux comprendre une autre histoire du Canada : celle d'avant 1760. Celle de Champlain, de Frontenac, de Montcalm et de Wolfe; celle de Papineau en 1837.

— Pourquoi es-tu venu dans l'Ouest, Papa?

— Pourquoi? L'appel de l'inconnu. Goût de l'aventure comme pour les anciens coureurs-des-bois. Désir d'une vie plus simple, plus près de la nature enfin.

— Et qu'est-ce qui t'a fait choisir l'Alberta?

— Ses champs de blé, d'avoine et d'orge qui s'étendent de tous côtés. J'ai aussi choisi l'Alberta parce qu'ici la plaine ondule; il y a des collines et des bouquets d'arbres, et parfois des forêts, qui nous ramènent à notre dimension d'homme. Qui nous sauvent de l'attirance d'un horizon sans limites.

— Tu as retrouvé en plus grand la ferme québécoise?

— Si tu veux. Mais, de plus, je voulais donner à mes enfants, à mon enfant, a-t-il repris vivement, le goût de la terre, ce qui me semblait impossible dans une grande ville. À peine quelques kilomètres, et on se trouve ici en pleine prairie.

J'étais de son avis. À cette époque, qui devait se terminer si brusquement, je ne pouvais concevoir la vie dans une grande ville. Et Dieu sait que je devais pourtant les connaître les grandes villes!

***

L'été approchait. J'allais bientôt avoir treize ans.

Depuis quelques semaines, je remarquais que mes camarades, les filles surtout — les garçons ne s'occupant peu de tels détails — m'adressaient un sourire plutôt ambigu. Certaines, qui jusque-là s'étaient tenues à l'écart, cherchaient à se concilier mes bonnes grâces. Je les voyais se donner des airs importants en me regardant du coin de l'œil. Les plus empressées, et aussi les plus cachottières, étaient Jeanne et Alice, maintenant de véritables jeunes filles. Leurs sens alertés par les racontars qui se propagent vite dans un milieu aussi fermé que l'était encore notre village, même grossi par un flot de nouveaux arrivés employés par les compagnies de pétrole, elles allaient d'un groupe à l'autre, caquetant, papotant, et tant pis si les réputations en souffraient.

La mort de ma mère avait définitivement rompu tous les liens qui nous avaient rattachées. Je ne les haïssais pas; je les méprisais. Mais je ne pouvais m'empêcher de voir qu'elles tournaient autour de moi. Et que ce n'était pas pour renouer une amitié depuis longtemps défunte.

Mon père s'absentait de plus en plus souvent le soir. Les premières fois, c'était un travail supplémentaire qui l'attendait au bureau. Un autre jour, un client l'invitait à dîner. Je n'y avais pas accordé trop d'importance, assurée que notre vie en vase clos ne pouvait avoir de fissure. D'autant plus que mes devoirs terminés, je me plongeais avec plaisir dans la lecture. Mais la bonne reniflait ostensiblement lorsque mon père lui annonçait qu'il ne serait pas là pour le dîner. Et malgré moi, une morsure, légère d'abord, faite de crainte plutôt que de jalousie, allait s'approfondissant; j'en suis venue à attendre avec anxiété sa rentrée, les soirs où il s'absentait. Le lendemain matin, son air enjoué me paraissait suspect, et c'était pour ne pas le trahir aux yeux de la bonne qui le dévisageait d'un œil goguenard que j'acceptais de me laisser prendre à son jeu.

Mon travail de classe en souffrait, d'abord parce que je lisais dans mon lit jusqu'à ce que j'eusse reconnu le grincement de sa clé dans la serrure — à ce moment-là, je m'empressais d'éteindre ma lampe de chevet —, et aussi, parce que malheureuse sans oser chercher pourquoi, j'entassais les fautes d'inattention.

Mon père ne s'apercevait de rien.

***

C'était un beau matin de fin de mai. Je me sentais légère, presque heureuse, malgré l'absence de mon père qui durait depuis huit jours.

L'herbe toute neuve, encore humide de rosée, avait des allures d'arc-en-ciel sur un fond de vert tendre. Et les églantines cachaient leurs épines sous une abondance de pétales rosés. Il y en avait partout. Agrippées aux haies et aux buissons, le long des clôtures, les jeunes pousses faisaient une chiquenaude aux passants trop affairés. Leur parfum flottait dans l'air, et je me disais que l'Alberta avait eu raison de choisir comme emblème ces églantines qui réapparaissaient chaque printemps sans que l'homme n'y fût pour rien. Moins éclatantes que leurs sœurs des jardins, elles n'en étaient pas moins mes fleurs préférées. Sauvages, elles l'étaient, et sauvageons aussi, puisque d'elles étaient nés les rosiers des jardins. Et bien que la fleur fût éphémère, qu'elle durât à peine un jour, il y en avait toujours une autre pour remplacer celle qui avait laissé choir ses pétales.

Je m'identifiais avec elles. Elles étaient restées sauvages comme moi. Indifférentes à ce qui les entourait, elles continuaient à pousser et à fleurir pour elles-mêmes sans se préoccuper de la richesse veloutée des rosés de toute couleur qui leur devaient pourtant la vie.

L'idée de « greffe » m'est revenue, et je me suis rappelée ce que m'avait dit mon père lorsque j'avais cinq ans. Je n'ai pas voulu m'arrêter à cette pensée. Le souvenir du monde enchanteur de ce temps-là, bien que dépassé, m'était pénible et, blessure mal fermée, j'évitais de l'effleurer. J'avais accepté, je m'étais réconciliée, mais tout au fond de moi-même, j'en voulais encore. À qui? À mon père? Au sort? À la nécessité de grandir? Je l'ignorais, et comme une accalmie s'était faite au cours des années, pour rien au monde je ne ressusciterais le passé.

Je marchais vers l'école au bout du village lorsque, au tournant d'une rue, j'ai rejoint Jeanne et Alice. Bras dessus, bras dessous, elles fredonnaient une romance à la mode. *Good night, Irene, good night... I'll see you in my dreams.* La romance était dépourvue de sens mais elle était entraînante.

Ayant repéré mon pas, elles se sont arrêtées pour m'attendre. Je leur ai adressé un sourire et j'ai essayé de passer outre.

— T'es ben pressée, c'matin?

C'était Jeanne, grande, blonde, l'œil langoureusement attaché au profil sans cesse en mouvement de sa compagne.

— Ouais! Qu'est-ce qui t'empêche d'faire un bout de chemin avec nous? hasarda Alice. On aurait têt-ben des choses intéressantes à t'raconter.

Au contraire de Jeanne, Alice, avec la vivacité d'un écureuil, grignotait avidement les propos de chacun, se les assimilait en toute hâte, prête à les régurgiter le moment venu, mais toujours à demi tournée vers sa compagne pour s'assurer de son approbation. Elles étaient inséparables. Je pressentais qu'il y avait quelque chose de louche dans cette interdépendance, mais j'étais trop jeune pour en comprendre le sens. Cependant, je trouvais gênants les sourires furtifs qu'elles s'adressaient, les gestes à demi caressants de Jeanne et l'habitude qu'avait Alice d'appuyer sa tête sur l'épaule de son amie plus grande et plus développée qu'elle. J'avais aussi vu, dans le hall de l'école, Jeanne palper les seins d'Alice qui pointaient à peine sous son *pull* vert. J'en avais ressenti un vague malaise.

— Quelles choses?

Mon ton était si sec qu'elles en sont restées interloquées. Alice a regardé Jeanne. Celle-ci, avec un sourire à Alice, a laissé tomber négligemment :

— T'veux vraiment l'savoir?

Elles ont éclaté de rire.

C'est Alice qui a sauté à pieds joints dans la conversation à peine amorcée et que moi je voulais à tout prix éviter.

— Ton père n'est pas souvent à la maison, l'soir, hein?

J'ai senti les larmes me monter aux yeux. Mais rien au monde ne m'aurait fait pleurer devant elles.

Le visage fermé, j'ai répondu :

— Mon père n'a pas d'explication à donner sur ses allées et venues. Surtout pas à vous, mauvaises langues.

Je les avais blessées; elles allaient me le faire payer.

— Pas d'explication à donner sur ses allées et venues, hein? T'as pas à faire la pimbêche avec nous, Maxine. Quoi qu't'en penses, ton père est comme les autres. Et t'es aussi naïve qu'un bébé, si tu crois les excuses qu'il donne quand il *découche*.

Elle roula ce mot sur sa langue, le dégusta, avant de continuer :

— Tout l'monde en parle. Y a qu'toi, pauv' innocente, qui fais comme si tout était normal. Penses-tu que la bonne n'sait pas c'qui se passe? T'sais, elle a pas la langue dans sa poche, vot' bonne. Surtout qu'ton père est pas là d'puis une semaine.

J'ai voulu fuir pour ne rien entendre, pour ne pas me laisser prendre à leurs insinuations. Mais je suis restée, n'osant bouger, ni prononcer une parole qui déclencherait les mots qui nous perdraient, mon père et moi.

Le regard de Jeanne était apathique comme si tout cela ne la concernait pas. Du même air, elle aurait regardé se débattre un animal pris au piège.

Je ne me suis pas débattue; j'ai tout simplement attendu ce qu'Alice allait ajouter de son air de petite fille qui a besoin de l'assentiment de la « grande sœur ».

— Ton père t'l'as pas dit? Bébête, il s'est remarié en cachette, ton père. T'as maintenant une belle-mère. Et t'veux savoir qui est c'te belle-mère qui va t'app'ier « ma fille »? Eh ben, mon ange, c'est la rousse d'à côté, la femme à hommes, t'sais? C't'un beau morceau qu'ton père. Un avocat, ma foi, c'pas mal pour une femme à hommes. Ben, te v'là renseigné. Et bonne chance dans ta nouvelle vie!

Je me suis mise à courir. Leurs rires m'ont poursuivie longtemps après que je les ai eu quittées. Elles avaient disparu sous le portail de l'école que je les entendais encore, dans mes oreilles, dans ma tête.

Je me suis retrouvée en pleine campagne, au bord du champ de blé d'autrefois. On y labourait la terre qu'on ensemencerait dans quelques jours. Là aussi, les étoiles roses des églantines bordaient la route.

Par poignées, je les ai saisies. Mes mains saignaient sous les épines. Je les ai émiettées rageusement, puis piétinées jusqu'à ce qu'il n'en reste plus que des traces d'un rose sale sur la terre noire.

J'ai renié ma fleur préférée, comme j'ai renié mon père, comme j'ai renié la procession de la Fête-Dieu et ses nuées de pétales roses que nous, les enfants, nous éparpillions pieusement devant l'ostensoir doré.

***

Qu'est-ce qui s'échappe tout à coup hors de l'ordre que je tente vraiment d'appliquer aux événements qui se superposent, se juxtaposent, se chevauchent?

Une dernière églantine, mais cette fois, desséchée, ses pétales flétris, ratatinés. Une odeur de parfum fatigué s'en dégage. La lettre de mon père en est tout imprégnée.

Je suis à Paris, et c'est de nouveau le printemps.

Mon père a glissé la fleur sans doute tout juste épanouie parmi les feuillets de la lettre qu'il m'écrit régulièrement. À laquelle je réponds quand bon me semble.

Veut-il me rappeler le printemps albertain? La fleur dont, après la mort de Maman, c'est moi qui composais le bouquet dans le vase de cristal sur le buffet de la salle à manger?

Pauvre père! son geste qui demandait grâce — pendant des années, il a saisi toutes les occasions possibles pour se rapprocher de moi, surtout après le départ subit de ma belle-mère — s'est retourné contre lui. Cédant à la colère qui s'était emparée de moi au souvenir de ce que j'avais aimé, j'ai arraché les pétales fanés l'un après l'autre, et je les ai lancés par la fenêtre.

Et dans aucune des lettres ou des cartes postales que je lui ai adressées, par la suite, n'y ai-je fait allusion.

Le passé était mort, je le *voulais* mort. Une fleur desséchée ne pouvait accomplir un miracle que je ne désirais plus.

Deuxième partie

- 1 -

— Allons, ma chérie, tu viens?

Marcel est dans l'entrebaillement de la porte.

Petit, mince, une robe de chambre usée flotte autour de lui. Malgré tout, il a un air de noblesse, d'élégance naturelle, qui fait oublier le peu d'importance de sa taille.

Les yeux sur la jeune fille à la fenêtre, sa voix trahit sa vulnérabilité.

— Tu viens, Maxine? répète-t-il.

Il faut y aller doucement avec Maxine. Son air enjoué tourne brusquement à la colère, et la fausse note fait vite tout chavirer. Il attend donc que la jeune fille, qui regarde bien au-delà de la rue sur laquelle elle se penche, daigne enfin prendre conscience de sa présence.

Il aime l'impétuosité enfantine avec laquelle elle se blottit parfois contre lui, les yeux fermés. Il aime le geste moqueur dont elle balaie les usages mondains, la violence soudaine qui triomphe de son apparente sérénité. Et surtout ce fond mystérieux d'amertume? de regrets? qui donne à son regard une profondeur qui l'a séduit dès le premier jour.

Comme il voudrait la guérir du mal qui la ronge! Mais comment s'y prendre pour ne pas rester les mains et le cœur pleins de piquants? Et le petit animal disparu, fuyant à travers un Paris indifférent.

— Qu'est-ce que tu dis?

Maxine s'est retournée. Elle a gardé son regard lointain.

Marcel fait un pas vers elle. Que dire? Quels gestes faire?

— Qu'est-ce que tu veux? Si tu m'attends pour aller te coucher, eh bien! tu fais mieux de changer d'avis. Je n'ai pas sommeil.

Elle s'est tournée de nouveau vers la rue où les passants se font moins nombreux.

— Il est passé minuit, chérie. Et les cours nous attendent demain.

— Et après? Qu'est-ce qu'un cours de plus ou de moins? Si tu savais comme je m'en moque.

Il sait aussi bien qu'elle que ce qu'elle dit est faux, qu'elle aime ses nouvelles études. Elle lui a même confié, un jour, qu'à Paris, elle avait découvert le monde.

Il sait aussi que, fatigués, ils ne manqueront pas de se quereller demain, et qu'il faudra beaucoup de patience, de doigté, pour rétablir un équilibre qui ne sera malheureusement que provisoire.

Il ignore presque tout d'elle. Un père avocat, une mère morte lorsqu'elle était très jeune, son père remarié, quelques années de couvent, puis d'université. Elle a obtenu une bourse pour venir en France poursuivre ses études. Mais de ses aspirations, de ses pensées, de sa vie intérieure, elle ne lui a rien livré.

Elle aime ce boulevard Saint-Germain qui s'étire le long de la Seine mais surtout le quartier qui fait face à Notre-Dame, et les vieilles rues où abondent des étudiants venus de partout; ces étroites petites rues pas trop propres, pleines d'arômes étranges, et qui, se désentortillant, débouchent d'un coup sur le fleuve coupé en deux par l'île de la Cité et l'île Saint-Louis.

Marcel préfère le calme de Neuilly, la discrète aristocratie de ses immeubles loin du tohu-bohu de la foule et du vrombissement des voitures. Ses parents y ont leur appartement. La Révolution a enlevé à sa famille ses titres de noblesse, et la dernière guerre l'a appauvrie. Et si la soie des fauteuils Louis XV s'effrite et si la tapisserie des murs a jauni, l'aîné est tout de même à Saint-Cyr, et Marcel fait son droit.

Il se moque bien un peu de ce qu'il considère un mode de vie plus ou moins en désaccord avec la seconde moitié du XXe siècle, mais pour rien au monde le laisserait-il deviner à ses parents. L'honneur de la famille, la tradition, ce sont encore des termes sacrés qu'il faut respecter même si on n'y croit plus beaucoup.

Maxine rit de tout cela. L'honneur familial n'a aucun sens pour elle. Ou plutôt, s'il en a un, elle se plaît à l'intervertir malicieusement, ou violemment, selon l'impulsion du moment. Et si Marcel en souffre, il l'en excuse néanmoins, en se disant qu'elle ne peut pas comprendre, que son pays à elle est trop jeune, et qu'elle-même semble avoir poussé un peu à l'abandon, comme une plante sauvage. D'ailleurs, elle détourne invariablement la conversation comme si cela l'ennuyait de parler « famille » et « traditions ».

Elle regarde de nouveau la rue qu'illuminent de loin en loin les réverbères au verre terni par le temps. Les enseignes des restaurants chinois et arabes se diluent dans l'obscurité; on ne voit plus que la tache blanche des menus affichés aux portes et les ombres des consommateurs qui continuent leurs arabesques derrière les fenêtres.

Que voit-elle? À quoi pense-t-elle?

Le soir est le mauvais moment de la journée.

Dès le crépuscule, elle se met à arpenter de long en large l'appartement. Elle l'a vite traversé, car on ne peut guère appeler « appartment », un petit deux-pièces : cuisine et chambre, les deux exiguës.

Ou, comme ce soir, elle passe des heures à la fenêtre, sans bouger, comme si elle était ailleurs, comme si ce Paris qu'elle aime, ce Paris qu'elle parcourt en tout temps et dont elle connaît déjà maints secrets, n'existait pas.

Marcel reste là, les bras ballants, ne sachant comment l'approcher.

— Cesse de m'épier. Va te coucher, dit-elle tout à coup, se retournant à peine, juste ce qu'il faut pour lui lancer un regard dont il ne sait s'il est méchant ou méprisant, ou les deux.

— Ne fais pas la tête, mon petit.

Il pose une main aux minces phalanges sur son bras, mais elle repousse le geste d'affection d'un brusque mouvement d'épaules.

— Fiche-moi la paix.

Comme il reste là, sans mot dire, la voix de la jeune fille éclate à travers la pièce.

— N'as-tu pas encore compris que je veux qu'on me laisse tranquille? Que je n'ai besoin de personne. Ni de toi, ni de personne d'autre.

Les yeux sur le dos mince, qui bloque en partie l'étroite fenêtre de sorte qu'il n'aperçoit de la rue qu'un pan d'ombre que traverse de biais un filet de lumière jaunâtre, Marcel sourit tristement. Et la même question revient le harceler.

Que dire? Depuis le temps qu'il cherche les mots qu'il faudrait prononcer pour que s'écroule enfin ce bloc de silence entre eux. Il est là, près d'elle, l'air tant soit peu ridicule. Que faire? Son amour pour ce petit être sauvage dépasse tout ce qu'il a jamais connu, et, pourtant, il est impuissant à écarter l'envoûtement qui la saisit, le soir venu. S'il tente de la distraire par des mots doux, par des caresses, il risque de déclencher la crise. Il lui est aussi impossible de vivre sans elle.

Elle lui fait face d'un coup de reins.

Son visage a pris l'expression farouche de la passion, d'une passion qu'il ne connaît que trop bien, qui n'est ni amour ni tendresse ni affection, mais contre laquelle il ne sait pas se défendre. Au contraire! il la désire, il la veut ainsi. Il préfère l'anéantissement dans l'acte d'amour qui n'a ici rien à voir avec l'amour, à la naïve confiance de l'enfant triste avec laquelle elle se donne parfois à lui et qui, s'il laissait courir son imagination, lui donnerait une impression de viol. Il la veut grisée, enivrée, éperdue, toute secouée de spasmes, brisée par lui et sous lui. Combat sans trêve et sans merci. Quitte à avoir honte demain, à se sentir amoindri, moins propre. À se dire une fois de plus qu'il n'est pour elle rien d'autre qu'un homme.

Que mieux vaudrait retourner à cette société peut-être superficielle, mais qui est son monde, et où les usages et la tradition délimitent la conduite des uns et des autres. Même quand on n'y croit plus.

***

Toute amarre rompue, j'erre sur la mer de la passion avec Marcel. La vague m'engloutit et, du fond de ses profondeurs, je ressens un plaisir, non une joie, mais un plaisir si aigu qu'il me libère pendant quelques instants de mes idées noires, de la nostalgie qui est mon pain quotidien.

Ai-je aimé Marcel? Ce rejeton diminué d'une classe qu'on qualifiait autrefois de supérieure?

D'une gentillesse à toute épreuve — il aurait même essayé de m'offrir la lune si je la lui avais demandée, seulement je ne croyais plus à la lune —, avec en plus une intelligence vive et de vastes connaissances sur l'art, la musique et la littérature, il ne manquait pas de finesse. Il avait de l'esprit; sa conversation aussi m'était un antidote. J'y puisais à pleines mains.

Avec lui, j'ai visité les monuments de Paris; grâce à lui, j'ai connu leur histoire. Il m'a initiée aux grands de la musique française, à Berlioz, Debussy, Saint-Saëns, et à combien d'autres encore. Nous avons fréquenté les Concerts Lamoureux et l'Opéra, et le théâtre et le music-hall. Piaf était ma chanteuse favorite. Petit moineau de Paris avec son ironique *Vie en rose*, c'est elle dans sa robe noire, menue et pâle sous ses cheveux ébouriffés, que je vois et que j'entends encore. Les échos de sa voix rauque d'enfant de la rue me transportent de nouveau vers une époque que j'ai aimée à ma façon.

Ai-je aussi aimé Marcel? Non. Je n'ai pas voulu l'aimer; j'ai étouffé tout sentiment à son égard. Je me suis voulue parasite, vivant de sa culture. En retour, je ne lui ai offert que des moments de passion sans importance puisque la sincérité en était absente.

Oh! la minuscule chambre qui du sixième étage donnait sur la Seine a tangué bien des fois autour et au-dessous de nous. Les tours de Notre-Dame, reflétées dans l'eau, augmentaient mon plaisir. Perversité qui était aussi une revanche. Mais de mon campagnon, je n'avais d'autre souci que d'être transportée avec lui et par lui au plus profond de la vague. Ensuite, je dormais profondément, fière d'avoir encore une fois fait la nique à mon enfance.

Et Marcel? Il a tout supporté, mon silence boudeur comme mes accès de fureur.

Une fois, cependant, il m'a fait la remarque que je ne semblais pas avoir appris à sourire.

Il s'est tout de suite repris :

« Un petit animal sauvage comme toi n'a pas besoin de sourire pour se faire aimer. Il n'a qu'à être là, qu'à se laisser aimer. »

Ma réponse? Je ne sais plus. Probablement un haussement d'épaules.

Je ne voulais pas qu'il m'aime; je ne voulais pas l'aimer. Et parce qu'il insistait, non pour que je l'aime, mais pour m'aimer, je me suis mise à le mépriser, à le tourner en ridicule, pour sa petite taille, pour son langage que je trouvais recherché, pour sa façon de me traiter comme quelque chose de précieux. Parce que j'avais mal, je voulais que lui aussi eût mal. Et je l'ai fait souffrir mesquinement.

Pendant des semaines, j'ai refusé de le recevoir. Dès que je l'apercevais au milieu de la foule d'étudiants qui débordaient dans la rue en fin d'après-midi, je m'esquivais, et j'allais bouquiner sur les quais les plus éloignés. Ou je prenais le métro pour aller encore une fois admirer les vieux hôtels du Marais. Ou j'errais tout en bas au bord de la Seine.

***

C'est au cours d'une de ces fuites sans raison que j'ai lié conversation avec un vieux bouquiniste et que je suis revenue avec une carte du *Pays du Tendre*. Je l'ai soigneusement fixée avec un bout de ruban adhésif au mur de ma chambre.

— Qu'est-ce qu'on peut faire pour vous, ma petite demoiselle?

D'habitude, les bouquinistes de la Seine ne parlent guère à leurs clients en perspective. Ils ne vantent jamais leur marchandise — ils ne s'abaisseraient pas à ce point —, ni se sentent-ils obligés de vendre à tout prix. De la chaise paillée ou du tabouret en bois où ils passent la journée, ils lisent, fument, rêvassent. Et si conversation il y a, elle a lieu tout naturellement avec son voisin. Au client qui feuillette les livres jaunis, qui fouille parmi les journaux du siècle dernier ou qui étudie minutieusement les médailles anciennes et les cartes géographiques d'autrefois, ils se contentent de jeter de temps en temps un coup d'œil en éclair, façon de s'assurer que leur précieux capital n'est pas malmené. Mais, à en venir à faire un brin de causette avec l'acheteur en puissance, il ne faut pas y songer. Ils étalent leurs trésors, à vous de décider!

La voix flûtée, plutôt chevrotante, m'a surprise devant un coffre où, sur l'envers du couvercle, étaient étalées des gravures fixées par des punaises. Des cartes de tous les pays et de tous les temps s'entassaient au fond. Je les soulevais les unes après les autres, délicatement, car le papier mince risquait de s'émietter. Sans trop m'en rendre compte, je cherchais la carte la plus ancienne qui eût pu me rappeler mon pays d'origine, tel qu'il était à l'époque des coureurs-des-bois, des Hurons et des Iroquois. Pays sauvage et dur auquel me rattachent encore des liens mystérieux.

Me retournant vivement, je me suis trouvée en face d'un visage creusé par les rides, vieille pomme ratatinée qui n'avait de vivant que son regard en coin, futé, rusé comme celui du coyote. Une pipe éteinte pendait entre les lèvres.

Il devait y avoir un bon moment qu'il me regardait. Devant mon air plutôt gêné, il a souri malicieusement. Une seule dent est apparue au milieu des gencives violacées. Et moi qui ne savais pas sourire, je n'ai pu m'empêcher d'esquisser un semblant de sourire à la vue de cet octogénaire, qui me dévisageait sans vergogne.

— C'est-à-dire que..., ai-je hasardé, sans trop savoir ce que j'allais expliquer à ce vieillard qui prenait plaisir à me voir décontenancée, je m'intéresse aux vieilles cartes. Est-ce que vous ne les trouvez pas passionnantes?

Tout essouflée, j'ai ajouté :

— Celles du XVIIe siècle surtout.

Il s'approcha de l'amas de cartes que j'avais plus ou moins mises en désordre. Ses mains ridées comme son visage fouillèrent avec une étonnante douceur dans le tas.

— Vous êtes du Canada, n'est-ce pas?

— Oui, je suis Canadienne.

— C'est grand, le Canada, a-t-il commenté tout en cherchant. C'est une carte de votre pays au XVIIe siècle, une carte de la Nouvelle-France, que vous désirez?

— Oui. Mais comment avez-vous deviné?

Un second sourire fut ma seule réponse.

— De quelle région du Canada êtes-vous originaire?

— De l'Ouest. De la province d'Alberta.

— Malheureusement, je ne connais pas les prairies canadiennes.

Et comme je le regardais tout étonnée.

— J'ai fait partie de la marine marchande française jusqu'à ma retraite, a-t-il précisé. Nous faisions souvent escale dans les ports canadiens. J'ai connu Montréal, Québec, et même Vancouver. Mais, et il se mit à rire, nos navires ne pénétraient pas dans les terres, et je n'ai connu du Canada que la côte Atlantique et la côte Pacifique.

Ce vieillard qui avait visité une toute petite partie de mon pays m'intéressait. D'autant plus que lui ne me disait pas après tant d'autres : « Il fait froid au Canada. » Ou « Ah! c'est loin, le Canada! »

La carte que je désirais manquait à sa collection. Pour ne pas lui retirer le prix d'une vente dont je sentais qu'il avait besoin — ses habits râpés en étaient la preuve —, j'ai mis la main sur la première carte à ma portée. C'était celle du *Pays du Tendre*.

— Je vais prendre celle-ci. Elle n'a aucun rapport avec mon pays, mais...

Il m'a interrompue en riant :

— Mais elle a beaucoup à faire avec les jeunes filles, n'est-ce pas? Ah! la mer dangereuse qu'est l'amour!

Il a hoché la tête, et le béret de marin qui le coiffait a glissé un peu plus sur le côté.

Je l'ai quitté ma carte à la main, riant tout bas de l'effet qu'elle aurait sur Marcel lorsqu'il la verrait au mur de ma chambre.

***

Il est venu à l'improviste, un soir, après m'avoir cherchée dans tous les cafés de la rive gauche.

Dans son costume bleu marine qu'il portait beau temps mauvais temps et qui suffisait à l'isoler du commun des étudiants où les jeans commençaient à remplacer une tenue plus soignée, il semblait venir d'une autre planète. Sa chemise blanche et sa cravate bien nouée contrastaient, on ne peut plus, avec mon pantalon de velours côtelé aux rebords effilochés et le *pull* jaune qui étaient mon ensemble ordinaire.

Il avait l'air mal à l'aise.

De mon côté, je jugeais intempestive son arrivée au beau milieu de la lecture d'*Une saison en enfer* qui convenait parfaitement à mon état d'esprit, ce soir-là.

— Tiens, qu'est-ce qui t'amène à cette heure, et sans me prévenir?

Mon ton froid n'était pas pour le rassurer.

Il a tout de même essayé de s'expliquer.

— Je sais que tu m'évites depuis des semaines sans que je sache pourquoi, et...

Devant mon visage de bois, un soupir lui a échappé plus éloquent qu'aucune parole. Un pauvre sourire a déformé sa bouche, cette bouche qui savait si bien caresser mon corps.

— Tu ne m'invites pas à m'asseoir?

Et comme je ne répondais pas :

— Maxine il faut que nous nous entendions une fois pour toutes. Je ne peux plus vivre comme ça. Si tu ne veux pas de moi, dis-le moi franchement, et ne joue plus avec moi comme le chat avec la souris. Je te répète que je n'en peux plus.

Il s'est laissé tomber sur la chaise qui me faisait face de l'autre côté de la table. Au-dessus des livres qui l'encombraient, j'ai aperçu son visage pâle.

J'aurais voulu, du moins je le crois, avoir pitié de lui, car il était bon.

— Viens, ai-je dit tout à coup. J'ai quelque chose à te montrer.

Et je l'ai entraîné dans la chambre.

— C'est une carte du *Pays du Tendre*. Je l'ai trouvée sur les quais. Tu m'as parlé un jour des divertissements mondains des salons du XVIIe siècle. Elle est absolument épatante, cette carte. Et aussi mensongère que tout ce qui se rapporte à l'amour, ai-je terminé brutalement.

Marcel a fait signe que non et s'est approché pour l'examiner.

La gravure en valait la peine. Malgré le papier jauni du cadre, l'*Inclination Fleuve* roulait son eau bleue entre ses bords hérissés d'herbes vert foncé jusqu'à *La Mer Dangereuse* où les rochers ressemblaient à des coquillages nacrés. Au-delà se dessinait la frontière des *Terres Inconnues*. Sur la gauche, les flots noirs de la *Mer d'Inimitié* basculaient un petit bateau marron dont la seule voile flottait désespérément au bout du mât. Des deux côtés du fleuve, les châteaux et les tours portaient en sous-titre tous les sentiments, tendres ou perfides, que pouvait susciter l'amour. Sous le blason soutenu par trois figures dont deux féminines qui rappelaient les sirènes de la mythologie, un *Amour joufflu* portant arc et flèche déployait en exergue la légende suivante :

Comme on peut avoir de la tendresse par trois causes, ainsi on va de NOUVELLE AMITIÉ *au bas de la carte, à* TENDRE, *par la route de Grande Estime, ou par celle de Reconnaissance ou encore par celle d'Inclination.*

Je me demandais comment réagirait Marcel, lui qui savait mon scepticisme, lui si souvent en but à mes railleries. Lui à qui, depuis trois semaines, j'avais refusé de donner signe de vie, jusqu'à ce soir-là, n'avait pas osé enfreindre la consigne sous-entendue. J'attendais, avec la sensation qu'un serpent déroulait lentement ses anneaux, et que bientôt son sifflement se ferait entendre.

Marcel avait retrouvé sa bonne humeur. Prenant pour une marque d'affection inattendue l'intention qui m'avait poussée à lui montrer cette gravure, il s'est tourné vers moi.

— Cette *Carte du Tendre* est des plus complètes sur les conventions du temps, dit-il.

Et l'étudiant de nouveau :

— Malgré la galanterie précieuse qu'elle représente, qui peut nous faire sourire, nous les modernes, elle témoigne de plus d'une vérité. Par exemple...

Son éloquence de professeur en herbe m'a fait pouffer de rire.

— Tu trouves qu'il y a du vrai dans cet épanchement de mauvais goût? C'est comme si on portait son cœur sur la main. Toute cette manœuvre me donne la nausée, ai-je terminé brutalement.

Et je suis allée m'asseoir sur le lit pour fumer la cigarette que je venais d'allumer.

Marcel détestait me voir fumer, trouvait qu'une jeune fille *bien* ne fumait pas, que cela la diminuait, lui enlevait de son mystère.

Il est venu s'asseoir près de moi.

— Qu'est-ce qui ne va pas, mon petit? Pourquoi as-tu si peur d'aimer, de te laisser aimer?

Et comme je refusais de répondre :

— Qu'est-ce qui t'a fait mal? Si tu te laissais aller, si tu me confiais ce secret que tu t'obstines à garder pour toi seule, peut-être que je pourrais t'aider à t'en débarrasser. Tu sais, je ferais tout au monde pour te rendre heureuse.

Il semblait tellement vouloir me sauver de moi-même que j'ai senti des larmes derrière mes yeux. Je l'ai laissé poser ma tête sur son épaule, caresser mes cheveux. Un instant, j'ai été tenté de tout lui raconter : mon enfance dans un monde fantastique qui n'avait appartenu qu'à mon père et à moi, la mort de ma mère, la duperie de mon père. J'aurais voulu lui dire comment celui-ci avait changé après son second mariage, que je les entendais tous deux dans leur chambre, la nuit : les gloussements de ma belle-mère, les rires de mon père, et tout ce qui s'ensuit. Le lendemain matin, leurs visages épanouis malgré la fatigue qui cernait leurs yeux me narguaient de leur sensualité. J'aurais pu lui dire que mon père se dégradait de plus en plus, que sa conversation se limitait à des banalités, qu'il n'avait plus rien du Prince d'autrefois, ni même de l'homme cultivé que je n'avais jamais cessé de respecter. J'aurais pu lui dire enfin la simple vérité. Que ce qu'il me fallait, c'était me rendre le bonheur perdu, que ma méchanceté n'avait pour seule raison d'être que la certitude de ne pouvoir aimer qu'un homme qui serait comme l'avait été mon père autrefois.

Je n'ai rien dit par pudeur, par crainte aussi de paraître ridicule et enfantine. Vingt ans n'est-il pas l'âge de l'avenir? À vingt ans, n'a-t-on pas rendu au passé ce qui lui est dû? « Rendez à César ce qui est à César, et à Dieu ce qui est à Dieu! » Et ne le relègue-t-on pas dans un coin de la mémoire quitte à le voir resurgir au moment où l'on s'y attend le moins?

Mais mon enfance ne m'avait jamais quittée, pas plus que mon adolescence abhorrée sous le regard triomphant de celle que j'appelais « la marâtre », dont l'hostilité était si bien déguisée sous un ton douceâtre qu'elle réussissait toujours à me faire mal voir de mon père. D'ailleurs, celui-ci se désintéressait de plus en plus de la gamine qui, lui semblait-il, semait la discorde dans son nouveau ménage.

C'est sur les instances de ma belle-mère qu'on m'a envoyée au couvent pour m'apprendre à vivre. Du moins, c'est ce que j'ai déduit de l'air gêné de mon père lorsqu'il m'a annoncé sa décision de me placer chez les religieuses pour compléter mon éducation.

C'était l'exil pour moi, et le lavement des mains de Pilate pour mon père. Croyant agir pour le mieux, il repoussait ainsi toute responsabilité. Et c'était la victoire pour « la marâtre », le but enfin atteint vers lequel elle entraînait mon père depuis des mois.

Je suis partie sans un mot de récriminations; j'ai quitté la maison où j'avais été si heureuse « autrefois », et j'ai juré de n'y plus remettre les pieds.

Sans que personne ne le sache, je suis retournée une dernière fois vers la mer dorée du champ de blé où en cet automne de mes quatorze ans, les épis tombaient sous la moissonneuse.

Comment expliquer à un habitant des villes, à un étranger en plus, le déchirement qu'avait été pour moi ce bannissement, car c'était ainsi que je me plaisais à le voir.

Marcel aurait fait son possible pour comprendre, mais comme tous ceux de sa classe, il était farci de traditions. Quoi de plus naturel pour une jeune fille que de passer quelques années au couvent avant son mariage éventuel? Je ne lui en voulais pas, et malgré les flèches que je lui décochais à tous moments, je respectais son attachement à sa famille et au passé que celle-ci représentait. Mais cela n'était pas pour moi. Sauvage, je l'étais, sauvage, je le resterais. Inutile d'essayer de me domestiquer.

Je me suis vite reprise. Je me suis tirée des bras de Marcel. J'ai arraché du mur la carte du

Pays du Tendre, je l'ai déchirée et redéchirée jusqu'à ce qu'il n'en reste plus que des bouts de papier informes. Et je suis redevenue moi-même, piquants dressés comme un hérisson qui sent le danger.

Se soulevant d'un bond, Marcel m'a prise par la taille. L'œil hagard, le visage tendu par la passion qu'il ne cherchait plus à maîtriser, il m'a poussée sur le lit que nous avions si souvent partagé ensemble. Mais il n'entrait plus de douceur dans ses gestes. Je me suis débattue des mains et des pieds. Je l'ai griffé au visage. Sa joue saignait. Je ne reconnaissais plus le Marcel aux tendresses délicates, le Marcel que mes sautes d'humeur rendaient encore plus vulnérable de sorte que je pouvais mépriser sans remords ce vestige d'une race trop raffinée pour moi. J'étais prisonnière de ce nouveau Marcel, dur et intransigeant. Il était mon maître pour la première fois, sûr de lui, sûr du pouvoir de sa passion. Il savait que mon corps n'y résisterait pas et, qu'à défaut d'amour, le désir l'emporterait sur mes efforts pour me libérer. Sur ce plan, il ne me connaissait que trop bien.

J'ai cessé de me débattre. Il y avait quelque chose de si insolite dans ce revirement qu'une curiosité, que je ne puis qualifier que de malsaine, s'est emparée de moi. J'ai voulu voir jusqu'où irait le déchaînement de sa violence, jouer avec lui tout le registre de l'amour, pour détruire ce passé que je traînais partout avec moi. La « marâtre » aurait bien ri si elle avait pu nous voir, ce soir-là.

Au matin, j'ai mis Marcel à la porte. Je ne l'ai plus jamais revu. J'ai loué une chambre de bonne sur la rive droite, et la carte du *Pays de Tendre* a disparu de mon histoire.

Quelques semaines plus tard, j'apprenais que j'étais enceinte.

***

La bouteille de whisky se vide lentement, et le soleil s'est figé dans le ciel. Œil de juge! Bientôt, la sentence va être prononcée. Contre qui? Contre moi? Mais l'accusée ne peut-elle pas plaider les circonstances atténuantes? Cependant, il y a cette goutte de sang qui tremble dans ma main; elle ne se dessèche même pas sous la chaleur écrasante.

Qui a osé dire qu'il ne faisait que pleuvoir sur la côte du Pacifique?

Mes idées s'embrouillent. Pourtant, le drame déroule sa bobine malgré les arrêts subits de la mémoire, les répétitions, les hiatus. Où en suis-je? Et pourquoi faut-il à tout prix continuer ce jeu d'enfer? Il serait si facile d'y mettre fin. Je n'aurais qu'à dévisser le tube de capsules rouges dans la poche de mon maillot, et compter une, deux, quatre..., huit... Combien en faudrait-il au juste? Je l'ignore, mais le moment venu, je ne lésinerai pas. D'ici là... Eh bien! continuons puisque les acteurs refusent de quitter la scène.

***

L'églantine au parfum fatigué réapparaît entre les pages de la dernière lettre de mon père. Décolorée, déflorée (comme moi), elle gît sans vie entre les feuillets.

Elle n'est pas à sa place, elle non plus, dans ce Paris que les siècles ont comblé, où chaque quartier a son histoire, ses poètes, ses artistes; la Seine, ses flâneurs, ses bouquinistes, ses pêcheurs; où les tours de Notre-Dame et de Saint-Sulpice font pendant au dôme du Sacré-Cœur au loin dans Montmartre; où la flèche de la Sainte-Chapelle rivalise avec la Tour Eiffel, mais où il est défendu de marcher sur les pelouses.

Non! Elle n'est pas chez elle. Pas plus que moi. À elle aussi, il faut le grand air des plaines, les haies au bord des routes, les champs de blé auxquels elle s'agrippe malgré les reculs qu'on lui fait subir chaque année.

Qu'est-elle venue faire ici? Me rappeler que moi aussi je suis d'un autre pays? D'une région à peine connue de ce pays lointain? Sauf qu'il y fait froid l'hiver, et qu'on y a découvert un pétrole précieux. Me rappeler que quoi que je fasse, mes racines, peu profondes en comparaison de celles de la vieille Europe, ne s'en dégageront jamais?

Est-ce à cela qu'a songé mon père en la glissant à peine entrouverte dans cette lettre que je viens de recevoir?

Parce que je n'ai pas voulu céder au mal du pays, parce que j'ai refusé ce que je voulais croire à tout prix une sentimentalité déplacée, je l'ai détruite comme j'avais détruite la *Carte du Tendre* et l'amour de Marcel.

La lettre de mon père était tombée près de la fenêtre; elle y est restée jusqu'au soir. Et ce n'est qu'à ce moment-là que j'ai appris que « la marâtre » avait plié bagages et abandonné mon père. Il me suppliait de revenir, me demandait pardon. Mais tout désir de pardon était mort, comme l'églantine. Je ne rentrerais pas au pays, ni dans la maison de mon père.

Le mot que je lui ai adressé en réponse n'a parlé ni d'églantine, ni de retour; il se bornait à annoncer que j'étais enceinte, mais que pour rien au monde un enfant de moi ne verrait le jour.

Pourquoi lui avoir porté ce coup? Et comment parler maintenant de circonstances atténuantes?

- 2 -

Il n'y a pas eu d'enfant; il n'y a pas eu d'avortement. Au moins, n'ai-je pas cela sur la conscience. Cet enfant que je commençais presque à désirer sinon à aimer a choisi de disparaître par lui-même.

Pourquoi dire que je l'ai regretté? Ce sentiment ne cadre pas avec le reste de mon caractère. Mais la vérité est que je l'ai regretté; j'ai regretté l'absence de la chair de ma chair, et peut-être bien la douceur de Marcel que j'aurais, j'en suis convaincue, retrouvée en lui.

Malgré ce que je savais n'être qu'un sophisme bon à fermer les yeux des braves gens sur une vérité toute autre, tout n'était-il pas pour le mieux dans le meilleur des mondes? Car quelle vie aurait eu cet enfant avec une mère comme moi? Timide sous des dehors agressifs, farouchement vindicative, la vagabonde que j'étais en train de devenir n'aurait pu parer les coups qui n'auraient pas manqué de fondre sur lui. Quant à accepter le secours que mon père m'avait immédiatement offert, il ne fallait pas y penser. Cette aide aussi, je la lui ai refusée. En fait, ce n'est que beaucoup plus tard que j'ai songé à lui assurer qu'il n'aurait pas de bâtard pour petit-fils. Et Marcel m'aimait, Marcel qui m'aurait immédiatement épousée, n'en a jamais rien su.

Qu'est devenu Marcel? Où est-il maintenant? Et a-t-il rayé de sa mémoire tout souvenir de la « sauvage »? De celle qui lui a labouré le cœur pour se venger de ce que, par moments, elle ne savait trop quoi.

Aujourd'hui, après tant d'années au cours desquelles je me suis abreuvée systématiquement aux eaux du Léthé, je le retrouve tel qu'il était alors. D'une patience sans limites, il était à la fois le guide de cette Canadienne perdue dans un Paris qu'elle adorait mais qui lui faisait parfois peur, l'initiateur à une culture dont, jusque-là, elle n'avait eu que des aperçus envoûtants. Il était l'amant plein d'égards qui ne demandait qu'à la rendre heureuse.

Et j'ai piétiné tout cela. Je n'ai voulu voir que la petitessse de sa taille, moi qui étais habituée à la haute stature des Nord-Américains. Je la lui ai reprochée comme si c'était de sa faute. Et je me suis moquée, oh! comme j'ai ri de ses manières raffinées, le dépôt d'une tradition que je trouvais archaïque, dépassée, périmée.

Au cours de cette dernière nuit dont je suis sortie enceinte, j'ai découvert que sous sa douceur se dissimulait la dureté d'une passion qui ne demanderait ni n'offrirait jamais de quartier. Sous l'héritage de croyances et de coutumes, sa nature se trahissait, elle était identique à la mienne. J'ai eu peur. Et au matin, je l'ai chassé.

Pourquoi n'ai-je plus jamais voulu le revoir? Oh! non parce qu'il m'avait fait un enfant. Mais — et c'est peut-être l'une des circonstances atténuantes que je cherche à travers le dédale d'actes sans rime ni raison qu'a été ma vie — parce que j'ai deviné, cette nuit-là, que nous ne nous rejoindrions jamais autrement que dans la passion. Par honnêteté — c'est ce que je m'efforce de croire —, je n'ai pas voulu le soumettre à ce jeu cruel. D'autant plus que je pressentais que rien ne me retiendrait si l'envie de tout balancer me venait un jour.

***

La belle Nizza! ma carte d'introduction au monde méditerranéen.

Ce n'était pas en vain que j'avais lu Camus. Je le retrouvais dans ce soleil qui faisait rire les Niçois, dans cette eau bleu vert, dans les galets blancs de ses plages qui me meurtrissaient les pieds. L'ombrelle de ses pins parasols, l'éventail de ses palmiers, le drapé des bougainvillées sur les murs, c'étaient les « noces » avec la Nature. De la promenade des Anglais, l'Angleterre avait donc aussi conquis *la belle Nizza?* J'imaginais le Maroc et la Tunisie, et tout ce monde fabuleux à ma portée. Par contraste — et de ce contraste aussi je jouissais —, il y avait les arènes romaines de Cimiez à quelques kilomètres, la tour de Cagnes, le trophée d'Auguste, la plongée dans un passé qui parlait de mort et qui refusait de mourir.

Que Paris me semblait déjà loin lorsque je suis arrivée à Nice comme assistante d'anglais! Et comme je croyais pouvoir y trouver, non pas le bonheur, je savais qu'il était inutile de convoiter l'inconvoitable, mais une paix qui m'aurait soustraite aux laideurs accumulées en moi. Je n'en demandais pas plus. Il me fallait un cocon dans lequel, toute recroquevillée, la chenille dormirait d'un sommeil profond, sachant, toutefois, qu'elle ne se métamorphoserait pas en papillon.

***

Je ne veux pas voir, je ne veux rien entendre. Je ne suis pas responsable de « l'accident ». Je n'étais pas la gardienne de celle qui s'était constitutée ma sœur (ma mère?).

L'alcool, la chaleur ont mis mon cerveau en bouillie. Pourtant, je n'ai rien perdu de la froide lucidité qui me tourmente depuis ce matin.

Je regarde la goutte de sang glisser vers les lacis de rides de mes doigts. Est-ce pour indiquer que les victimes sont plus nombreuses? Qu'elles sont là qui m'attendent? Ma mère, Marcel, Angela? Et moi qui croyais que la seule victime fût mon père?

Une pensée m'obsède.

Quand on a choisi la route de la vengeance, est-ce que rien ni personne n'en sortent indemnes? Ceux qui nous ont voulu du bien, l'amie, l'amant? L'amour, l'amitié, la bonté? Et détruit-on inévitablement les autres tout en se détruisant soi-même?

J'interroge et ne trouve pas de réponse.

***

— Mademoiselle Lefebvre… Maxine… vous voulez bien que je vous appelle par votre joli prénom... une promenade en voiture vous tenterait-elle? Par ce temps splendide, c'est péché que de rester dans sa chambre. Ma « topolino » est en bas. Nous pourrions aller déjeuner dans un petit restaurant que je connais tout près de Monte-Carlo. Ça vous dit quelque chose?

Je n'ai guère le temps d'interrompre le flot de paroles.

Brune, chevelure épaisse qui ondule naturellement, Angela, professeur de dessin, est petite et ronde. Je la dépasse bien d'une tête. Elle est fière de son accent méridional, refuse de « parler pointu », comme elle dit. Elle accepte sans étonnement mes canadianismes; à son tour, elle me régale de mots niçois qui, à mon avis, sentent fort l'italien. La rondeur de ses propos va de pair avec la rondeur de sa taille. Et je ris tout bas de la mine scandalisée des autres professeurs lorsque les « Mamma mia » et les « Basta! » font irruption jusque dans les couloirs.

Pourquoi refuser une invitation aussi alléchante? Nous sommes à la mi-octobre et le soleil n'a rien perdu de son éclat.

Pourquoi ne pas tirer la tête un tout petit peu hors du cocon que je tisse depuis mon arrivée?

Je vais, je viens; je fais mes cours de conversation. Parfois les élèves sont nombreuses; parfois elles préfèrent aller se dorer sur la plage. Je suis là simplement en appendice, sorte de complément profitable mais nullement indispensable. Ce qui me laisse beaucoup de liberté à l'intérieur de mon cocon. Les professeurs attitrés ne s'occupant guère de moi, mon visage fermé n'est pas pour les encourager. Mais nous nous serrons poliment la main chaque matin, avec un petit sourire qui n'engage à rien. Seule Angela, ou plutôt madame Angela Salvatti, s'est approchée de l'étrangère en dehors du groupe, ce qui, vu mon mutisme peu obligeant, a dû lui coûter quelque effort. Mais qu'ai-je à faire avec ces femmes qui vont, chaque soir, retrouver leur mari et leurs enfants dans leur appartement ou leur villa où tout est en ordre. Le luxe? Peut-être. Le calme? Probablement. La volupté? Je n'en mettrais pas ma main au feu. À vrai dire, je me soucie peu de leur monde capitonné et mon détachement équivaut à leur désintéressement.

Les richesses de la vieille ville me suffisent : odeur du café que l'on grille, parfum d'une fleur qui vous assaille soudain dans une rue en escalier et, tout en bas, le débouché sur la baie des Anges. Cela, et mes flâneries en fin d'après-midi, promenade des Anglais, passé le jardin Albert 1er, le palais de la Méditerranée, et les bars pour hivernants et estivants. Et le jeudi, jour libre, je monte à Cimiez et à ses arènes romaines ou je parcours les quelques kilomètres qui séparent Nice de Villefranche où m'attirent les pêcheurs ravaudant leurs filets dans le port. J'y prends autant de plaisir que le dimanche matin lorsque, place Garibaldi, les joueurs de pétanque mesurent les centimètres et discutent avec force gestes le pour et le contre de leur décision. Et je travaille à la thèse commencée en Sorbonne.

Pourquoi me suis-je assujettie à ce travail monotone? Je n'ai rien du savant dont le seul désir est de pousser toujours plus avant des recherches au résultat souvent problématique. Mais j'aime les livres; j'aime les poètes; j'aime le passé. Et ce travail exigeant est une sorte de pénitence que je m'impose comme compensation à la vie vagabonde que je crois fermement être ma destinée. Enfin, pourquoi ne pas l'avouer? Il y a chez moi une parcelle de sens pratique que je dois sans doute à ma mère. Je n'ignore pas qu'il me faudra gagner ma vie, que l'héritage de ma mère que m'a remis mon père à mon départ pour Paris et qui a déjà défrayé mes années d'université en Alberta, ne peut suffire indéfiniment. Puisque je ne veux rien devoir à mon père, il ne me reste qu'une chose à faire, et la plus simple est de devenir professeur à mon tour. Quand bon me semblera.

Et Angela? Eh oui! j'ai accepté l'invitation. La perche qu'elle me tendait n'était pas seulement pour me tirer de l'isolement ou de l'embarras qu'elle croyait sans doute que je ressentais au contact de ses collègues peu cordiales — ce qui n'était pas le cas puisque je refusais de leur accorder aucune importance tout en reconnaissant leur savoir et leur culture qui mettaient les miens dans un curieux état d'infériorité —, mais parce qu'il lui fallait quelqu'un de jeune à ses côtés. C'est ce que j'ai compris, ce jour-là, sous les paroles ambiguës de monsieur Marius.

— Allons, Maxine! Un peu plus vite si vous voulez que nous arrivions avant que monsieur Marius nous ferme la porte au nez. Passé deux heures, rien à faire; on ne reçoit personne. C'est l'heure de la sieste, ma chère, et l'heure de la sieste, c'est sacré. Même les dollars américains, ou canadiens, s'est-elle empressée d'ajouter avec le rire bruyant qui la caractérisait, n'y peuvent rien. On envoie les touristes se remplir l'estomac ailleurs.

Et moi de fourrer pêle-mêle livres et cahiers dans ma serviette tandis qu'Angola se démène comme un diable brun roulant sur lui-même.

— Voilà! je suis prête. Mais madame Angela, votre serviette?

Par la pensée, déjà loin du Collège qui était à la fois — je devais l'apprendre plus tard — une prison autant qu'un refuge, elle l'avait abandonnée quelque part, bourrée des dessins plus ou moins réussis de ses élèves, bosselée par tout le matériel qu'il lui fallait trimballer d'une classe à l'autre.

— Ah, Santa Madonna! qu'est-ce que j'ai bien pu en faire?

Nous l'avons repérée sous une chaise.

Nous avons dégringolé l'escalier en colimaçon, nous avons traversé à la course la cour où s'attardaient quelques fillettes, et, après un démarrage en trombe, nous étions en route vers la Grande Corniche.

— Vive la liberté! de s'écrier Angela.

Je riais de la voir si franchement heureuse.

Sous le haie coulait le sang ardent des Méridionales. Le nez légèrement busqué ne gâtait en rien le large sourire qui relevait les commissures des lèvres. Nul besoin de fard pour animer ce visage. La vie débordait des yeux noirs, coulait le long des joues qu'enflammait le soleil de midi, creusait une fossette au milieu du menton.

Fascinée par un visage qui se livrait ainsi tout entier, la chenille s'étirait à l'intérieur de son cocon. La tentation d'en sortir se fait de plus en plus sentir. Cependant, j'hésitais. Malgré des gestes que je continue à croire n'étaient que ceux d'une maternité qui lui avait été enlevée, Angela devait être, elle aussi, marquée par l'esprit de famille, par le respect d'une moralité traditionnelle que l'on pouvait bien enfreindre pourvu qu'on le fît avec discrétion. Et la discrétion n'avait jamais été mon fort.

Angela n'avait rien de rebelle. Aucune révolte ne semblait l'avoir secouée. J'avais bien surpris des bribes de conversation vite étouffées à mon approche, des observations tant soit peu ironiques à son sujet. Je n'y avais prêté aucune attention. D'abord parce que j'abhorrais les potins, et aussi parce qu'Angola n'était à mes yeux qu'un autre professeur, amusante par sa spontanéité qui me reposait des mines sérieuses de ses consœurs. Mais un professeur titulaire tout de même tandis que moi, assistante d'anglais, j'étais, avec les surveillantes, plus ou moins au bas de l'échelle.

J'ai découvert, ce jour-là, que son air enjoué cachait une détresse profonde.

— Nous irions plus vite par la Corniche Inférieure ou même par la Moyenne Corniche, mais par un temps comme celui que nous accorde aujourd'hui « la divina Madonna », la Grande Corniche est tout indiquée. Il faudra rouler rondement, mais la « topolino » ne m'a jamais laissée en panne là-haut. D'ailleurs, continua-t-elle sans reprendre haleine, la Grande Corniche offre les plus belles vues. On est à des centaines de mètres du littoral, les poumons dilatés par l'air frais de la montagne tandis que l'œil se régale. Que peut-on demander de mieux?

Angela conduisait d'une main, l'autre servant à appuyer ses paroles ou à indiquer le repère d'un vieux village au sommet d'une colline, à l'horizon le point blanc d'un voilier, ou les montagnes qui s'entassaient toujours plus haut vers l'Italie.

— Tu vois en bas? C'est la presqu'île du cap Ferrat. De son belvédère, on aperçoit la pointe de Bordighera en Italie. On ira un jour.

Dans son enthousiasme, Angela ne s'était nullement aperçue qu'elle me tutoyait. Si elle s'en est rendu compte plus tard, elle n'y a jamais fait allusion, et le tutoiement est devenu chose naturelle entre nous.

Nous grimpons vers le mont Gros, mais déjà nous apercevons le doigt allongé du cap Ferrat qui protège la rade de Villefranche. À cette heure, celle-ci est un miroir bleu parsemé de taches multicolores, bateaux de plaisance et barques de pêcheurs.

Nous atteignons le col des Quatre-Chemins; nous remontons le col d'Èze au bas duquel apparaît tout à coup le vieux village d'Èze.

— Ce sera le but de notre prochaine promenade, déclare Angela.

J'étais intriguée par ce qui me semblait un amas de ruines mais où, m'assura Angela, se dressait un château du XIVe siècle. Un de ces villages perchés qui se confondent avec la colline. Prudence des Provençaux, paraît-il.

Nous montons vers La Turbie avant de redescendre vers la mer.

Depuis un bon moment, mon estomac se ressent des lacets de la route, mais pour rien au monde, je ne veux gâter le plaisir d'Angola. Elle parle et gesticule. Une main embrasse tant bien que mal le paysage étendu à nos pieds; l'autre manie le volant. La « topolino » avale chaque virage avec un grincement de pneus et une secousse de la carrosserie qui ne sont pas des plus rassurants. J'ai appris pendant les mois qui suivirent à ne plus m'inquiéter de la conduite d'Angola au volant ni de la résistance de la « topolino ». C'est pourquoi on n'a jamais pu me convaincre que ce qui était arrivé n'était rien d'autre qu'un accident bien ordinaire.

Nous rejoignons plus bas la Moyenne Corniche. Quelques zigzags de plus et nous atteignons la Corniche Inférieure. De là, dominée par l'énorme Tête de Chien que devaient me rappeler plus tard certains pics des Rocheuses, la route file doucement le long de la côte. Au bout d'une petite rue qui débouche sur la mer, nous nous arrêtons enfin devant la porte d'un modeste restaurant avec, comme enseigne, un immense coq d'or. Nous sommes au *Cocorico*.

— Madame Salvatti, quelle bonne surprise! Il y a longtemps qu'on ne vous a vue. C'est-y que vous nous auriez oubliés?

Le patron, doré comme son coq, chantait lui aussi, ou plutôt riait en chantant. Sous le tablier blanc, son ventre s'élevait et s'abaissait au diapason des syllabes. Ses yeux étaient plissés comme s'il avait longtemps fouillé l'horizon. Je l'ai souvent vu, sur le pas de sa porte, scrutant l'endroit indéfinissable où ciel et terre se rejoignent en secret.

Il avait été pêcheur avant d'ouvrir ce petit restaurant à quelques pas des grands hôtels de Monte-Carlo où, disait-il, l'on vous servait une mangeaille à dégoûter un honnête homme. Les habitués n'avaient rien du touriste — les étrangers ignoraient sans doute son existence —, et il les aimaient ainsi, peu nombreux mais joviaux, qui l'appelaient par son nom « Marius » et qui savaient apprécier une bonne bouillabaisse ou une tarte à l'oignon relevée d'anchois et d'olives noires. Les coquillages et le poisson y régnaient en maître, et malheur à qui aurait osé commander des frites ou un hamburger.

En ce moment, son visage brûlé par le soleil, rayonnait.

— J'ai une fameuse ratatouille qui vous attend, madame Angela, dit-il en nous serrant la main. Et des moules, fraîches de ce matin. Mais, et il se mit à m'examiner de la tête aux pieds, qui est cette jeune fille qui vous accompagne? C'est-y une nouvelle assistante d'anglais à votre collège?

Je restai interloquée. Madame Salvatti, ou Angela comme j'ai appris à l'appeler peu après, avait-elle donc l'habitude d'amener ici, chaque année, la nouvelle assistante d'anglais du Collège des Jeunes Filles de Nice?

— Oui, répondit Angela comme si cette question n'avait rien d'étonnant. Je vous présente une Canadienne, cette fois, mademoiselle Maxine Lefebvre, à qui j'ai vanté les spécialités de votre maison. J'ai l'estomac dans les talons, et Maxine a les jambes toutes creuses. Mais elle est trop bien élevée pour le dire, ajouta-t-elle avec son bon gros rire. Allons, que nous recommandez-vous aujourd'hui?

— Voyons un peu. Nous pouvons commencer par mes moules avec un petit vin blanc. Ensuite, la ratatouia, arrosée elle aussi d'un bon vin, un fromage et, pour terminer, des châtaignes rôties et des clémentines, un petit café et un cognac.

— À vous de décider, monsieur Marius. Vous êtes le connaisseur; nous ne sommes que des amateurs, mais affamés.

— En attendant, poursuivit monsieur Marius, je vous offre l'apéro.

De ce repas qui dura au moins deux heures — l'écriteau qui annonçait que le restaurant était fermé jusqu'à vingt heures était depuis longtemps en place lorsque nous nous sommes enfin levées de table —, je me rappelle surtout les commentaires de monsieur Marius qui devaient soulever un peu le voile sur Angela Salvatti — femme en contraste avec l'Angela — professeur que je connaissais. Je me rappelle aussi mon étonnement devant une Angela qui se révélait aussi friande de bonne chère que de vues panoramiques.

— Ça sent bon, hein? dit monsieur Marius soulevant le couvercle du plat de moules.

Son visage souriait de toutes ses rides. Son regard allait d'Angola aux moules. Il m'avait complètement oubliée.

— Goûtez vite. Il ne faut pas laisser refroidir ces petites bêtes-là. Ensuite, vous m'en direz des nouvelles.

Il resta devant la table, les mains croisées, un brin d'anxiété au coin des lèvres, marquant par là le besoin instinctif des vrais cuisiniers de s'assurer que ce qu'ils considéraient eux-mêmes un chef-d'œuvre était reconnu et apprécié comme tel par le client.

— Excellent, monsieur Marius, excellent! Vous n'avez votre pareil nulle part.

Moi aussi, je dégustais les moules avec plaisir, mais le plaisir que j'y prenais n'avait rien de commun avec celui d'Angola. Elle aspirait, avalait, comme si sa vie en dépendait.

Je n'étais qu'au début de mes découvertes.

Ravi, monsieur Marius s'installa à notre table « pour faire un brin de causette », dit-il.

Les moules disparues, il était allé chercher la ratatouia qu'il nous servit avec la majesté d'un grand de la terre. Tomates, aubergines, poivrons, courgettes, s'accumulèrent dans nos assiettes. Un dernier geste, et presto! une deuxième bouteille de vin fit son apparition, portée par le garçon de cuisine.

— Mes hommages, mesdames!

Il s'en versa un doigt, le huma, et remplit nos verres. Puis il tira une chaise et s'assit tout bonnement à côté de nous, ni trop près ni trop loin, juste ce qu'il fallait pour marquer les distances à garder entre clients et patron.

— Alors, madame Angela, vous avez reçu des nouvelles de ce petit?

Son regard, aussi aigu que s'il avait sondé le fond de la mer, scruta celui d'Angola.

Une fourchette tinta contre une assiette. C'était celle de ma compagne. Le son se répercuta immédiatement dans la salle maintenant vide.

— Non!

Une larme apparut soudain au fond des yeux noirs.

— Il ne faut pas lui en vouloir, madame Salvatti. Les jeunes, ça oublie d'écrire, ça remet au lendemain. Et ça ne pense pas que le temps est long pour ceux qui attendent.

Il haussa tristement les épaules.

— Mais ils ne sont pas plus méchants pour ça.

— Vous avez probablement raison. Ils ne sont pas plus méchants pour ça. Mais juste un mot, une toute petite ligne, me feraient tellement plaisir. Je saurais au moins où il est.

Angela reprit sur un ton qu'elle s'efforçait de rendre convaincant :

— Non, je ne lui en veux pas. Seulement, il y a si longtemps que j'attends.

L'amertume, les regrets dissimulés derrière les gestes quotidiens, déferlèrent brusquement dans le petit restaurant où jusque-là le soleil et l'ombre avaient joué à cache-cache.

— Vous vous rendez compte, monsieur Marius? Il aurait maintenant vingt ans. Et je ne sais pas où il est, ni ce qu'il fait. Est-il toujours avec son père? Ah, celui-là! S'il m'arrivait de le rencontrer un jour, je serais capable de lui crever les yeux. Le mal qu'il m'a fait! M'avoir enlevé mon petit, comme ça, sans dire un mot. Et disparaître ensuite emmenant Jeannot avec lui, Jeannot qui était trop jeune pour comprendre. Ah non! jamais je ne lui pardonnerai. Il m'a fait trop mal.

Monsieur Marius hocha la tête.

— Excusez-moi, madame Salvatti. Je n'aurais pas dû... J'espérais... Vous le savez, Jeannot était un peu comme mon fils. Nous sommes allés si souvent à la pêche ensemble. Il avait à peine treize ans et il manœuvrait mon bateau comme pas un. Le moteur? Il en connaissait toutes les pièces. Bougies, carburateur, cylindre, distributeur, piston — il était chez lui au milieu de tout ce fourbi. Ah, madame! c'était un petit ingénieur que Jeannot. Quelle pitié! quelle pitié!

— Il y a quatre ans, quatre ans, monsieur Marius. J'ai vécu quatre années de malheur. Il venait tout juste d'avoir seize ans quand il est parti. Pourtant, ses maîtres étaient contents de lui, et le jeudi ne venait jamais assez vite pour aller à la pêche avec vous. Je ne pouvais pas prévoir qu'il voudrait devenir croupier comme son père. Du jour au lendemain, tout a changé. Il a commencé par sécher ses cours, il s'est mis à fréquenter le casino. Et quand je me suis mise en colère, il est sorti en claquant la porte. Il m'a menacée, moi, sa mère. Il m'a dit qu'il était assez grand pour se conduire tout seul, que je pouvais en prendre mon parti. Mon mari ricanait, content de se venger enfin de ce qu'il appelait ma « supériorité d'intellectuelle frigorifiée ». Je ne les ai plus revus. Ils avaient quitté Nice. J'ai fait toutes sortes de démarches pour les retrouver, pour retrouver mon Jeannot. On les a vus à Paris, à Deauville. Puis, plus rien. Et j'attends toujours. Je ne me résigne pas. Vous comprenez, monsieur Marius, l'espoir, ça ne s'écrase pas facilement.

— Si je vous disais que c'est un peu à cause de lui que je n'ai plus fait la pêche, que j'ai acheté ce petit restaurant. C'était une façon de me consoler, moi aussi, de ce qu'il m'avait abandonné. Oh! j'aime mon métier et j'étais devenu trop vieux pour partir en mer beau temps mauvais temps. D'autant plus qu'on ne pouvait plus tenir contre l'équipement moderne des nouveaux chalutiers. C'est bien le cas de dire que les gros finissent toujours par manger les petits. Mais cela, je ne le regrette pas. J'aimerais seulement revoir le petit, juste le revoir, c'est tout ce que je demande. La Providence nous doit bien cela.

Monsieur Marius se moucha bruyamment.

— Allons, madame Salvatti, un cognac. Cela va vous remonter le moral.

Il alla vite au bar où il s'empressa de nous verser deux bonnes rasades de cognac. Lui avait opté pour un grand verre de pastis.

J'avais été jusque-là la spectatrice silencieuse. Au moment où monsieur Marius nous apporta le cognac, il se tourna vers moi.

— On a toujours besoin de quelqu'un de jeune pour nous aider à voir le soleil et le bleu du ciel, à nous qui n'avons plus vingt ans, dit-il à brûle-pourpoint. Et vous avez cet âge merveilleux, mademoiselle.

Poète et philosophe, tel était ce vieux pêcheur devenu propriétaire d'un modeste restaurant — spécialités de la région — aux abords de Monte-Carlo. Avec ou sans Angela, je l'ai souvent revu par la suite. Cependant, je n'y suis retournée qu'une fois après « l'accident » et, de ce jour, j'ai eu en horreur les fruits de mer.

***

Du fond de ce fauteuil où la vie m'a rejetée, toute la douceur et le bonheur que j'ai connus — oui, j'ai connu sur la côte d'Azur un bonheur qui, je le sais maintenant, s'apparentait à celui de mon enfance —, me reviennent à la mémoire. Et c'est à Angela que j'en suis redevable. À Angela, ma compagne, ma sœur.

Elle me parlait de Paris qu'elle connaissait bien. Elle décrivait minutieusement les merveilles du Louvre tout en se moquant malicieusement des foules de touristes qui se faisaient trimballer de la Victoire de Samothrace aux momies égyptiennes, menées au pas de course de la salle des Cariatides à l'*Apollon vainqueur* de Delacroix, pour échouer enfin, l'esprit brouillé et l'œil égaré, dans les jardins où les attendaient leurs cars.

Je riais avec Angela, mais ce n'était pas sans reconnaître que sous son ironie et ses colères soudaines perçait un amour de l'art que je rapprochais inconsciemment de celui de mon père pour la nature.

Un champ de blé bruissant sous la brise de l'été, des sillons bien tracés, étaient aux yeux de mon père, d'une façon très humble, il est vrai, œuvre d'art, portant le sceau de l'humain autant qu'un Moïse sauvé des eaux ou qu'une Vénus de Milo que les siècles n'avaient pu détruire.

Les paroles de mon père lors de nos promenades d'autrefois mêlaient leur chuchotis intime, inoubliable, à la passion bruyante d'Angola.

« Aucune œuvre d'homme, si grandiose soit-elle, ne peut remplacer cette poussière magique. »

Je me voyais forcée de lui donner raison. Le matériau du sculpteur, glaise ou marbre, pierre ou bois, c'est la terre qui les lui avait fournis comme elle avait procuré au peintre ses couleurs végétales, son noir animal. Cela peut paraître banal, simpliste. Mais mon père était de la terre même s'il portait aux talons les ailes de Mercure. Pendant toute mon enfance, il a gardé la simplicité de l'enfant qui refuse de grandir. La mort de Maman a été la fissure qu'il n'a jamais pu combler, la lézarde qui s'est élargie de jour en jour jusqu'à détruire son univers et le mien.

Je m'étais — j'en étais sûre — détournée à jamais de ma province natale; j'avais oublié. Et voilà que le passé bourgeonnait sur les bords de la Méditerranée. C'est peut-être parce que ce passé reprenait vie que les mois d'avant le Carnaval m'ont paru si beaux.

La nature, une autre nature, totalement différente de celle que j'avais connue, un paysage de bougainvillées et de mimosa était redevenu le paradis terrestre de mon enfance. Pourquoi a-t-il fallu que celui-là aussi disparaisse si tôt? Que la chenille qui avait timidement poussé la tête hors de son cocon y soit refoulée si durement?

***

Je somnolais dans la voiture. Les paroles que m'avait adressées monsieur Marius entremêlées à l'étrange récit de Jeannot résonnaient à mes oreilles sans que je parvinsse à y mettre un peu d'ordre. Quel était mon rôle dans tout cela? Celui d'une autre assistante d'anglais destinée, comme celles qui m'avaient précédée, à distraire Angela, à lui faire oublier pendant quelques mois le fils qu'elle avait perdu? Ce n'était pas le rôle que j'eusse volontairement choisi dans cette étonnante distribution : Angela, l'héroïne tragique, monsieur Marius, le confident, et moi, celui de la jeune suivante qui empêcherait Angela de broyer du noir?

En ce moment, Angela n'a nul besoin de consolation. La « topolino » roule à toute allure le long de la Moyenne Corniche. Les deux mains d'Angola maîtrisent le volant. Et elle chante! « Salut! demeure chaste et pure... »

Est-elle Faust? Ou l'innocente Marguerite? Ou peut-être Méphisto?

Je la regarde de profil. Quelle liaison de continuité établir entre ce visage de diva inspiré et la voix haletante de tout à l'heure? Et peut-on se faire ainsi une autre personnalité en un clin d'œil? Ou me joue-t-elle la comédie? Pour que la pitié ne vienne pas ajouter sa morsure à ce qui lui reste de fierté en tant que femme et mère? Est-elle enfin rien d'autre qu'un caméléon blessé qui se dérobe vite sous des couleurs fugitives?

Après toutes ces ruminations plus ou moins doctes, j'en suis réduite à conclure qu'Angola est une femme du présent, que le moment actuel l'accapare tout entière. Ai-je raison? Je n'en suis pas sûre du tout.

Je ne suis pas rentrée chez moi, ce soir-là. Le lendemain, j'allais habiter chez Angela. J'y suis restée jusqu'au jour où la police est venue frapper à la porte.

- 3 -

L'entrée de Sa Majesté Carnaval vient d'avoir lieu; il régnera pendant quinze jours. Et après? Après, il sera brûlé sur la plage, repu de fleurs et de confettis. Sa grosse face joviale sous la couronne en carton doré disparaîtra dans la fumée pour renaître, nouveau phénix, l'année suivante à la même époque, ou peu s'en faut.

La foule afflue dans les rues. Les touristes font la ronde du palais de la Méditerranée ou du Négresco, ou du Ruhl, jusqu'à la place Masséna pour s'arrêter, certains d'entre eux, au Casino Municipal. C'est là qu'aura lieu le grand bal qui terminera pour une année encore les fêtes du Carnaval.

Je compte bien y assiter. D'ailleurs, Johnny m'a invitée à l'accompagner.

Angela ignore tout. Elle connaît Johnny, mais ne se montre guère sympathique.

— Où as-tu déniché cet oiseau-là?

Angela a attendu mon retour, fumant une cigarette après l'autre, si j'en crois le cendrier plein à ras bords. Un verre dessine un rond de lumière sur le guéridon.

Je ne l'avais jamais vue dans un tel état d'énervement.

— Ce n'est même pas un Canadien.

— Canadien, Français, Américain, Niçois, qu'est-ce que ça peut bien faire? Je suis libre d'aller et venir à ma guise, non?

Mon ton sec ne cède en rien au sien.

— Tu m'empoisonnes à la fin avec ton regard en coin qui surveille tous mes gestes.

J'ajoute avec une fine méchanceté :

— Comme si je t'appartenais corps et âme.

Elle ne bronche pas mais je sens que la flèche a porté.

— Tu n'as même pas la politesse de répondre à ma question. Pas plus qu'il n'entre dans tes manières de m'avertir que tu ne seras pas là pour le dîner.

Elle écrase rageusement sa cigarette. Cendres et mégots s'éparpillent sur la moquette. Je ne fais pas un mouvement pour réparer les dégâts.

— Si tu tiens absolument à te fourrer le nez dans mes affaires, eh bien, voilà! J'ai rencontré Johnny dans un *milk-bar*, promenade des Anglais. Tu veux des détails précis?

— Oh, garde tes secrets. Ils n'en valent sûrement pas la peine...

Et brusquement, elle me lance au visage :

— Tu n'es qu'une môme, à peine dégrossie. Qu'est-ce que je sais de toi, en fait? Moins que rien!

C'est à mon tour de me mettre en colère.

— Tu veux savoir qui je suis? Eh bien, ma douce amie, je suis Sauvage-Sauvageon au goût de la fraise des bois. Ça te dit quelque chose?

Et j'éclate de rire, fière de ma répartie, fière aussi de n'avoir rien dévoilé de mon passé.

Sa colère tomba d'un coup.

— Mon petit! J'étais si inquiète...

— Et jalouse aussi, parce que je m'amusais sans toi.

Elle éclata en sanglots; ils sortaient tout déchiquetés de sa gorge.

— Oh là là! c'est au tour des larmes maintenant. Comme scénario, c'est assez réussi. Mes félicitations! Les reproches, les injures, et pour finir, les larmes. La réconciliation ne peut pas être loin. Basta! j'en ai assez. Je vais me coucher; tu y gagnerais à en faire autant. La tête que tu vas avoir demain!

Je l'ai quittée sur ces mots. Je me suis engouffrée dans ma chambre, la chambre de Jeannot.

Elle m'a apporté mon petit déjeuner au lit, le lendemain matin.

— Je te demande pardon pour hier soir. Je ne sais pas ce qui m'a prise...

Et comme je continue à siroter mon café et à croquer mes biscottes :

— Tu sais, je n'ai que toi au monde, a-t-elle murmuré doucement.

Je l'ai regardée comme si je ne comprenais pas. Mais j'avais compris. Il n'y avait plus de Jeannot, mais il y avait *moi!* Seulement, je ne tenais nullement à remplacer son Jeannot. J'avais *ma* vie à vivre. Et en ce moment, il y avait Johnny apparu à l'horizon alors que j'avais presque oublié ce que c'était que d'être jeune.

Nous nous sommes plus ou moins évitées pendant toute la journée. Comme nos heures de cours ne correspondaient pas — les miennes étant moins nombreuses —, j'en ai profité pour me rendre au Collège toute seule. Et mes classes du matin terminées, je suis allée baguenauder dans la vieille ville.

J'ai traversé la place Garibaldi, vide sauf pour quelques ménagères qui revenaient du marché. Il était onze heures. J'avais faim. Je suis entrée dans la première boulangerie. J'avais à peine payé la baguette toute chaude encore du souffle du four que je mordais dedans. Croustillante, fleurant bon, elle m'avait mise en bonne humeur. J'avais oublié la scène de la veille et l'instant de trouble que m'avaient causé les paroles d'Angela lors qu'elle m'avait apporté mon petit déjeuner.

Croquant ma baguette dorée, j'ai descendu, narines dilatées pour ne rien perdre des arômes de café grillé et de linge fraîchement lavé qui pendait des balcons, la rue la plus étroite de la vieille ville. Aucune automobile ne pouvait y passer; cette rue appartenait aux gens qui y habitaient et aux modestes boutiques où ils s'approvisionnaient. Certains ne devaient jamais quitter ce quartier que pour aller, le dimanche, se promener quai des États-Unis ou pour monter au château, à gauche. Ce n'était pas une rue pour les riches. Les murs portaient la lèpre du temps. Derrière leur rideau de verroterie, les boutiques étaient sombres.

Mais c'était une rue humaine. On y entendait un bout de chanson, le rire d'un homme, le cri d'un enfant, une querelle de femmes dont l'impétuosité s'éteignait aussi vite qu'elle était née, chacune rentrant chez elle, marmonnant et gesticulant. Il n'y avait que des bruits humains, la technologie, ses voitures et ses gros camions n'y pénétraient pas. Absentes aussi les enseignes au néon, et les grandes affiches de Saint-Raphaël-Quinquina. Et en bas, à une centaine de mètres de la mer, il y avait le marché aux fleurs. Rien pendant mon enfance et ma jeunesse dans l'Ouest canadien ne m'avait préparée à une telle profusion de fleurs en plein hiver. Bottes de violettes, grappes de mimosa, œillets et jasmins fêtaient le début de février. Je ne pus résister : quelques violettes pour rentrer dans les bonnes grâces d'Angela, et un brin de mimosa pour ma boutonnière.

***

Oui, c'est grâce à Angela que j'ai appris à m'étirer dans mon cocon soyeux pendant quelques mois.

La « topolino » nous a promenées de St-Raphaël à Menton, et dans tous les coins de l'arrière-pays. J'ai parcouru le massif de l'Estérel; nous avons pique-niqué au pied de la cascade du saut du Loup; nous nous sommes aventurées jusqu'au fond des Gorges et, un jour, les îles de Lérins ont reçu notre visite. Nous avons pris le thé boulevard de la Croisette. Mais je préférais Nice et sa vieille ville à Cannes, et ses hôtels pour millionnaires.

Et Èze? Comment décrire l'impression que m'a faite ce nid en ruines sous les rayons laiteux de la pleine lune.

Le village dormait. Ses maisons en pierre, pêle-mêle autour du château, avaient des allures de rêve. Un reflet mettait un moment en relief les tuiles courbes des toits, dorait les clous des portes, dessinait une voûte, glissait sur les dalles disjointes. Il allait plus loin s'amuser sur un bout d'escalier au palier invisible.

Monde fantastique, peuplé d'étranges habitations étayées l'une par l'autre, enjambant ruelles et arcades. Ombres muettes et mystérieuses!

Nous contournions des murs sans fenêtres, ou qui semblaient tels. Nous montions lentement, péniblement. Des cailloux roulaient sous nos espadrilles; le bruit de leur chute en bas rompait le silence. Angela, d'habitude si loquace, ne parlait pas. Je la suivais sans mot dire.

Nous sommes enfin arrivées à la terrasse du château. Nous y sommes restées longtemps attendant je ne sais qui ni quoi. La lune régnait sur ce paysage mort. Nous sommes redescendues et avons regagné la route qui nous ramenait au monde des vivants. Mais ni Angela ni moi n'avons essayé de pénétrer les pensées de l'autre. Je me suis longtemps demandé si Jeannot lui avait été présent là-haut, tout comme l'ombre de mon père avait peu à peu éloigné les êtres fabuleux que j'aurais voulu trouver au fond des ruelles noires.

***

Où en suis-je restée dans ce mauvais mélodrame? À Angela et à Johnny? Aux fêtes du Carnaval?

L'aigle tournoie de nouveau au-dessus de la baie. Mais les personnages n'ont pas quitté la scène. Angela et Johnny attendent que je tire les ficelles qui les mettront de nouveau en marche.

Le soleil décrit sa courbe lente vers l'ouest. La chaleur est intense, et je suis en sueur. Où est donc passée cette bouteille de whisky? Je la regarde; elle est presque vide. Et les ampoules rouges? Toujours dans la poche de mon *short*?

J'entends rire quelqu'un. C'est moi qui ris ainsi?

***

Je suis à Florence avec Angela. Profitant de la Toussaint, nous avons pris la route de *Firenze*. Pour « parfaire mon éducation », selon Angela. Moi, j'accepte volontiers ce que l'on m'offre pourvu que l'on ne m'en demande pas trop en retour. Angela le sait, elle qui, jusqu'à l'arrivée de Johnny, ne m'a jamais reproché mon indifférence.

Je ne veux pas parler du Carnaval. Pas maintenant! Plus tard, quand le whisky chaud dans ma gorge aura eu l'effet voulu.

Je répète que nous sommes à Florence. Johnny n'a pas encore paru. Et Angela semble heureuse.

***

Qu'est-ce qui remonte à l'appel du nom mélodieux?

Firenze!

Matins sereins pour Angela dans les jardins de l'Albergo Felice où elle transporte palette et chevalet dès que le soleil de novembre chasse ce qui reste de la nuit.

La Via del Campidoglio, comme toutes les rues avoisinantes, comme la ville entière, repose sous l'œil vigilant de Santa Maria del Fiore. Son énorme *duomo* sert de repère autant que l'Arno qui divise la ville en deux.

— Il ne faut pas me déranger, petite. Va te promener dans les environs. Je t'attendrai vers une heure au Campidoglio. Nous commencerons ensuite la visite des musées.

Pour le moment, Angela n'est plus avec moi.

À Nice, le jeudi, lorsque nous partions en voiture pour l'arrière-pays, que ce fût Grasse ou Vence, ou même lorsque nous trouvions un coin désert le long de la côte, le reste du monde, y compris moi-même, n'existions plus pour Angela. Seul était important le fait qu'elle avait devant elle un fragment de paysage nouveau, une grappe de fleurs qui dégringolait le flanc d'un vieux mur, un chêne-liège sur le versant de la montagne ou, au bord d'une vallée, les feuilles argentées d'une branchc d'olivier. Du coffre de la « topolino » sortaient palettes et pinceaux, spatule, tubes de couleurs. Devant son chevalet, Angela oubliait l'heure, le temps qu'il faisait, et moi.

Je m'étais accoutumée à ses « Ne me dérange pas, petite » et, allongeant le pas, je partais à la découverte. J'arpentais des centaines de mètres de pourtour, flairant, palpant au passage des plantes que je n'avais jamais vues, et des pierres rouges comme le sol qu'elles jonchaient. J'ai gardé une de celles-ci en souvenir de tant de promenades pendant lesquelles la chenille osait, sous l'œil de personne, tirer la tête hors de son cocon. Elle est quelque part au fond d'une malle avec une poignée de confettis rosés enfouis dans une enveloppe, souvenir d'un carnaval qui devait tourner au tragique.

Mais nous sommes à Florence et l'heure du Carnaval de Nice n'a pas encore sonné. Plût à Dieu que cette heure n'eût jamais sonné!

Je quitte Angela enfin installée, la palette à la main et la toile sur le chevalet. J'enfile la Via del Campidoglio. Je m'arrête un instant devant les fenêtres closes de l'Al Campidoglio, toute fière de déchiffrer l'inscription en tête du menu : *RISTORANTE RACCOMANDABILE, Tutte le specialità della cucine fiorentina.* J'apprends que tout est cuit à l'*olio d'oliva*, qu'il y a une variété de *fresco pesce*, de *frutta*, de *cassata*. Il y a choix de *vino, italiana* et *francese*. Et je note avec plaisir qu'il *prezzo* est *moderato*.

Je déambule le long de petites rues, un œil sur le *Duomo* qui grossit d'une *via* à l'autre, et je débouche enfin devant la cathédrale.

Massive, trop ornée, celle-ci me rebute d'abord. L'énorme coupole octagonale de Brunelleschi et ses chapelles en hémicycle m'écrasent. Mais je suis attirée par le gothique du campanile, le baptistère à côté et les portes en bronze de Ghiberti.

Les touristes se font plus nombreux. Je reprends les petites rues qui me conduisent *modo presto* à l'Al Campidoglio. La visite de la cathédrale sera pour une autre fois. D'ailleurs,

Angela saura m'orienter à travers cette pléthore de sculptures, peintures et formes architecturales qui me laisse aburie pour l'instant.

Où est donc Angela? Je fouille du regard la salle du restaurant, et je ne la vois nulle part. La pendule aux *bambini* dorés indique pourtant qu'il est bien treize heures quart. Ce n'est pas comme Angela d'être en retard.

Pour passer le temps, je commande un cinzano. Les garçons dansent entre les tables, tantôt sur un pied tantôt sur l'autre, le plateau qu'ils balancent au-dessus des têtes bouge à peine.

Angela se fait attendre. Vaguement inquiète, je suis sur le point d'aller à sa recherche lorsqu'elle apparaît devant moi, les yeux brillants, le sourire aux lèvres. Un monsieur d'un certain âge l'accompagne.

Signor Luigi Pulcioni est aussi un artiste en vacances. Cheveux d'un gris argent, barbiche à la Napoléon III qu'il caresse de la main gauche tout en s'inclinant devant moi, son regard me fixe tel un tableau plus ou moins intéressant.

— Madame Salvatti, me dit-il dans un français un tant soit peu zézayant, a bien voulu m'inviter à me joindre à vous. J'espère, mademoiselle, que vous n'y voyez pas d'objection.

Et comme je lui souris, curieuse de connaître les circonstances de leur rencontre, il appelle vivement le garçon et s'installe sans tarder à côté d'Angela. Notre table à deux est maintenant une table pour trois.

— Signor Pulcioni a bien voulu me donner son avis sur le coin de jardin que j'étais en train de peindre, explique Angela. Il a même offert de me conduire cet après-midi à Fiesole où, paraît-il, il y a des perspectives magnifiques sur la ville en bas.

La conversation ne languit pas entre Angela et Signor Pulcioni. Je me contente d'écouter, ajoutant un mot par-ci par-là jusqu'au moment où je m'aperçois que ma présence leur est devenue complètement indifférente. Je ne suis pas jalouse même si je comptais sur Angela pour la visite de la cathédrale. Pour le moment, elle semble si heureuse que je n'ai pas le courage de lui rappeler sa promesse du matin. Je suis tout de même curieuse de savoir comment les choses ont pu progresser si rapidement en une seule matinée. Angela ne finira donc jamais de m'étonner.

Je termine rapidement mon déjeuner et, avec un sourire un peu moqueur, je les quitte en leur souhaitant une promenade fructueuse. Le mot est malicieux à dessein, mais Angela fait mine de ne pas entendre. Quant à Signor Pulcioni, il s'est empressé de retirer ma chaise. Un regard rapide et, pour la forme, une courbette en profondeur. Je suis vraiment de trop dans ce tête-à-tête impromptu. Eh bien, tant pis! Je saurai bien toute seule employer mon après-midi « fructueusement ».

J'ai retrouvé Angela à l'hôtel vers les sept heures. Signor Pulcioni n'est pas là, mais il y a des fleurs sur la table de chevet, et mon amie, en train d'en piquer une à son corsage, chante à mi-voix une mélodie italienne qui m'est inconnue. Ses yeux sont plus noirs que jamais. Je me rappelle ma dernière nuit avec Marcel.

Qu'est-ce qui flotte encore à la surface de ces jours de congé à Florence? *La Loggia della Signoria*, Hercule et le Centaure, Persée brandissant la tête de la Méduse, tout cet âge d'or dont les Médicis ont doté un monde en train de renaître.

Il n'y a pas jusqu'au pont Vecchio qui n'y prenne place. J'y ai musardé par moi-même, un de ces après-midi où Angela s'était de nouveau absentée. Car j'avais des journées entières à ma disposition. Angela consacrait ses matinées à sa peinture, puis disparaissait aux côtés de Signor Pulcioni dès la fin du déjeuner. Je ne la retrouvais qu'en début de soirée chaque fois plus épanouie, comme une fleur tardive qui s'empresse d'étaler sa splendeur avant l'arrivée de l'hiver. Au reste, j'ai profité d'une solitude qui n'avait rien d'amer. J'ai flâné dans les musées; j'ai visité des églises non pour y prier, mais parce que j'aimais leurs fresques, leurs gisants, leurs madones en relief. La tête hors de mon cocon, j'aspirais tout ce passé que j'aurais voulu connaître.

C'est ainsi, que par un bel après-midi, je suis arrivée aux bords de l'Arno et à Il Ponte Vecchio, à ses boutiques à cheval les unes sur les autres. J'ai fait la tournée en touriste à la recherche de trésors pas trop chers. Mais ce n'était pas de la pacotille que j'y ai trouvée. C'étaient de véritables joyaux d'artisanat. Et j'ai aimé les artisans florentins au fond de leurs boutiques.

Nous sommes rentrées à Nice, Angela pensive mais sereine — sa liaison avec monsieur l'artiste n'avait été qu'une liaison de passage, un mince chaînon vite brisé — et c'est avec peu de regrets, me semblait-il, qu'elle retrouvait le joug quotidien. Il n'y avait pas eu de rupture, m'a-t-elle assuré. Tout s'était passé simplement, sans promesses et sans récriminations.

- 4 -

Je sais, Angela, que les fêtes du Carnaval de Nice m'attendent. Je sais que tu m'y attends, toi aussi, comme la victime, son bourreau.

Mais avant, il y eu Marrakech, car tu ne voulais pas passer la Noël à Nice. Nous avons pris la fuite, toi pour oublier d'autres Noël avec Jeannot, moi, pour ne pas avoir à me rappeler la messe de minuit de mon enfance et le réveillon, et les présents dans leurs papiers et leurs rubans multicolores. Et la joie de mon père et de ma mère devant mes gambades de clown autour de l'arbre de Noël.

L'ancienne capitale du Maroc nous a accueillies avec ses souks, ses femmes voilées, ses djellabas, son mélange d'arabe et de français. L'Atlas couvert de neige nous fermait l'horizon. Les matinées et les soirées étaient fraîches, mais il faisait bon de midi à quatre heures. Et Noël a passé comme un jour ordinaire sauf qu'Angela m'a offert un médaillon d'ambre suspendu à une chaîne en argent. Lui aussi gît quelque part. Je ne me suis jamais résolue à m'en défaire, mais je n'ai pas pu me résoudre non plus à le porter après « l'accident ».

***

— Tu viens?

Johnny ne tient pas en place.

Nous partons au pas de course vers la place Masséna où défilent déjà les chars fleuris qui précèdent le trône portatif de Sa Majesté Carnaval.

Où est le Johnny à la mine empesée, aux dehors timides? Sa haute stature dépasse la taille courtaude des Niçois. Ses cheveux roux flamboient au-dessus de la foule. Avec son teint rose et ses joues rondes de Nord-Américain bien nourri, celui-là ne sera jamais pris pour un Méridional. Son français garde plus d'une trace de sa langue maternelle et il lui arrive parfois de faire subir au langage qui lui est nouveau des accrocs pour le moins ahurissants.

N'a-t-il pas donné lieu à un chahut sans précédent au réfectoire du lycée où lui aussi est assistant d'anglais, lorsque, en réponse aux « grands » qui se plaignaient de la nourriture, il avait insisté sur le fait qu'il aimait beaucoup « l'aubergiste farci » qu'on avait servi? Pendant des semaines, chaque fois que la malheureuse aubergine avait fait son apparition, le fracas des fourchettes contre les assiettes avait servi d'accompagnement aux cris de « Vive l'aubergiste farci! » qui accueillaient son entrée. Le jeu avait cessé le jour où, par simple réflexe, il s'était joint aux chahuteurs. Mais il rougissait encore à la pensée qu'il s'était donné comme cible à des étudiants de qui il attendait le même respect que lui-même avait accordé à ses aînés.

Comment se faisait-il que lui aussi eût transporté pour un an ses pénates sur les bords de la Méditerranée? Je devais l'apprendre petit à petit.

Pour le récompenser du zèle dont il avait fait preuve pendant sa première année en médecine, son père lui avait offert un voyage en Europe. Selon des conditions précises. Un mois en Angleterre sous l'égide de certains confrères londoniens des centres médicaux, un séjour à Paris, pas trop long car son père craignait cette ville où il n'avait aucun contact, une visite-éclair en Italie, et retour à Boston pour reprendre ses études. Peu à peu, Johnny en était venu à la révolte. Il ne voulait pas devenir médecin; il ne voulait pas rentrer à Boston. Furieux, son père lui avait coupé les fonds, convaincu qu'il n'en faudrait pas davantage pour que l'enfant prodigue rentrât au bercail. Il se trompait. Johnny avait décidé, après un débat de conscience en règle (j'avais bien ri lorsqu'il me l'avait décrit avec un sérieux qui ne s'était pas démenti malgré mon air fat de jeune fille émancipée), de passer un an dans le Midi. Comme moi, il était devenu assistant d'anglais.

Il avait eu une amie niçoise qui l'avait quitté un jour pour quelqu'un de plus déluré, avais-je cru comprendre sous ses réticences, et c'est peu après que je l'ai rencontré dans le *milk-bar*, suçotant un citron pressé. Nous étions devenus amis, parce que, moi aussi, j'étais du Nouveau-Monde, et que, par conséquent, je savais les bévues que l'on peut commettre innocemment, ce qui peut se faire en Amérique mais paraît inconcevable en Europe; j'avais donc appris à me débrouiller dans le fatras des conventions, et cela, sans renoncer à mon indépendance. Il était d'une naïveté charmante, et reposante.

Il me tire par le bras.

— *Hurry*, Maxine. La foule est si dense que si nous ne nous dépêchons pas, nous ne verrons rien.

Je suis tout essoufflée, et je lui en veux un peu, moi qui n'ai pas ses longues jambes ni ses larges épaules pour me frayer un chemin. Nous arrivons tout de même place Masséna que traverse en ce moment le cortège avant de tourner à gauche vers le quai des États-Unis.

La fanfare est aussi bruyante que colorée avec ses casquettes de velours, ses vestes rouges, ses culottes blanches et ses bottes noires. Des jeunes Niçoises en costume régional semblent avoir poussé d'un seul coup du milieu des corbeilles de fleurs que sont les chars qui avancent au milieu de la foule.

Johnny se faufile tant bien que mal jusqu'à ce qu'il ait atteint les abords du cortège. Il revient vers moi, rouge de plaisir, ayant attrapé au passage un bouquet de mimosa qu'il m'offre dans un grand sourire.

La ville est en fête, et les habitants aussi. Les bouquets de fleurs volent dans les airs et s'écrasent sous les pieds : tapis jaune du mimosa, rouge et blanc des œillets. Bataille dont les armes parfument l'adversaire. Demain, les confettis remplaceront le mimosa et les œillets. Et de nouveau, en fin de cortège apparaîtra Sa Majesté Carnaval, sa couronne de papier doré sur sa grosse tête et son sceptre éphémère à la main.

J'ai complètement oublié Angela. Je n'ai pas vu la « topolino », et Angela n'était pas là pour le déjeuner. Elle sera sans doute de retour ce soir, aussi je refuse de prêter attention au fait qu'elle m'a paru étrangement silencieuse ces derniers jours. Ce qui ne lui ressemble guère.

Avec Johnny, je fête le carnaval. Je lance force bouquets, Johnny en fait autant, de sorte que nous avons l'air de deux gosses en vacances, ce que nous sommes pour l'instant.

***

Angela est rentrée au moment où j'arrivais moi-même à l'appartement ayant quitté Johnny quelques minutes plus tôt.

Il avait encore son visage d'enfant heureux. À ses vêtements collaient des pétales fanés. Je ne l'avais jamais vu si détendu. Il est vrai que nous avions consommé plus d'une bière, ce qui, m'avait-il affirmé solennellement, était quelque chose de nouveau pour lui, fils d'un chirurgien antialcoolique et d'une mère qui appartenait à la société de tempérance. Il riait en me décrivant la mine horrifiée qu'aurait son père si celui-ci pouvait le voir vidant un verre après l'autre. Je crois même qu'il apercevait les traits paternels au fond de son bock de blonde. Quand je l'ai quitté, il n'était pas ivre mais il était sur la bonne voie pour le devenir.

Dernière bataille de confettis, immolation de Sa Majesté sur son bûcher au bord de la mer, et bal masqué pour terminer le règne grotesque et émouvant d'un Pagliaccio en carton.

— Tu viens avec moi, ce soir?

C'est Angela. Elle s'était dûment absentée lors de la bataille de fleurs, prétextant qu'elle en avait assez vu. Elle avait disparu de même lorsqu'il y avait eu bataille de confettis. À mon retour en fin d'après-midi, les épaules couvertes de confettis que je sème à chaque pas, elle m'a jeté un regard un peu triste et s'est contentée de grommeler que j'étais en train de faire une écurie de sa salle de séjour. Pour me moquer, je me suis secouée de plus belle, et les confettis ont formé de petits îlots de couleur sur la moquette.

— Nettoie-moi cela. Et presto! En voilà des manières!

Mais sa colère, comme toujours, est vite tombée. Quant à moi, qui savais qu'elle regardait mes sorties avec Johnny d'un assez mauvais œil, j'ai tout reporté sur le compte de la jalousie. Car elle était jalouse des attentions de Johnny pour moi, comme elle l'avait sans doute été pour tout ce qui avait pu l'éloigner de Jeannot. Son fils était à elle, rien qu'à elle, comme moi aussi, son Jeannot ressuscité sous une forme féminine.

D'habitude, je trouvais amusantes ses brusques colères et n'hésitais pas à lui dire qu'elle était comme une mère-poule toujours sur le point de donner des coups de bec à quiconque s'aventurait trop près de sa couvée. Y avait-il une raison plus obscure, moins acceptable? Je repousse cette pensée probablement sans fondement.

La dispute en est restée là. J'ai nettoyé la moquette et ai tout fourré dans une enveloppe jaune qui traînait dans ma chambre. Ni vu ni connu, toute trace du carnaval disparue, et avec elle, la mauvaise humeur d'Angela.

— Tu vas venir avec moi, n'est-ce pas?

Son regard fouille le mien avec une intensité que je ne lui ai jamais vue, même à Florence.

On fête le décès de Sa Majesté, ce dernier soir du Carnaval. Le bûcher est dressé sur la plage. Le phénix renaîtra de ses cendres, et l'on célèbre sa mort autant et aussi bien que son accession au trône.

Pour une raison que j'ignore, Angela tient à assister au spectacle, elle qui a tout refusé jusqu'ici.

Je ne sais que répondre, car il est entendu que j'accompagne Johnny au feu d'artifice qui couronne le décès, et que, de là, nous nous rendons au bal de la Redoute. Il n'y a vraiment aucune place pour Angela dans tout cela.

Pourtant, je décide qu'il vaut mieux acquiescer. Et je me dis que je saurai bien me dérober à la dernière minute.

— Bien sûr que je vais avec toi, si tu y tiens. Mais je croyais que tout ce tohu-bohu t'ennuyait?

— Cela n'a pas beaucoup d'attrait pour moi, c'est vrai. Mais je préfère ne pas rester seule, ce soir.

Elle a hésité avant de murmurer :

— C'est le dernier soir du Carnaval que Jeannot a disparu. Tu comprends?

J'ai fait signe que oui, de mauvaise grâce. Je ne voulais pas passer la soirée avec Angela, je voulais m'amuser avec Johnny. Je ne voulais pas qu'une femme qui eût pu être ma mère soit des nôtres. Je voulais aller au bal à deux, pas à trois. Et après le bal et les coupes de Champagne?... C'était ce point d'interrogation qui me fascinait, ce côté virginal de Johnny que je voulais emporter de haute main.

Et là, il n'y avait pas de place pour Angela.

***

Les bleus des ouvriers font de drôles de tâches parmi l'arc-en-ciel des soies légères et les fourrures. La brise qu'apporte la mer est fraîche. Nous ne sommes qu'en février, et si le printemps s'annonce avec les fleurs, l'heure des bikinis n'est pas encore arrivée.

Angela, Johnny et moi prenons place au pied du bûcher de Sa Majesté.

Je ne puis empêcher une pensée importune de traverser mon esprit.

Que sommes-nous venus faire ici? Voir disparaître en fumée un être que nous avons reconnu comme notre roi, aussi vivant que nous, pendant quinze jours? Je pense aux foules autour de l'échafaud; je me rappelle le tricot macabre de madame Defarge aux pieds de la guillotine. Et j'ai un peu honte de me trouver là malgré le feu d'artifice qui suivra la dispartion de Sa Majesté Carnaval, et la certitude que la même cérémonie se répétera l'an prochain. Un autre roi prendra alors la succession; une autre couronne de carton doré surmontera une autre face hilare aux joues rebondies. Et le sceptre éphémère régnera sur une foule enthousiaste jusqu'à sa fin prématurée sur une plage parsemée de confettis.

Paradoxe de la nature humaine? Nécessité de détruire le mythe qu'on s'est créé, le prince qu'on met à mort quand on ne veut plus de lui?

Je n'ose approfondir ma pensée de peur d'en venir à des réminiscences trop personnelles.

***

Du fond de ma chaise longue où je me tapis pour échapper s'il se peut aux souvenirs d'un passé que j'avais moi-même créé de toutes pièces, que j'ai ensuite détruit sciemment pour me venger de ma naïve confiance en la vie, je me demande si, derrière le masque de cette poupée en train de mourir, je n'ai pas aperçu les traits altérés de mon père.

Peut-être aussi le regard hagard de Marcel le matin où je l'ai chassé sans lui donner d'explications, sans lui offrir la moindre excuse.

Les flammes du bûcher s'élèvent monstrueuses et belles avant de s'effilocher en longues franges noirâtres sous les étoiles. Bientôt, il n'y aura plus de Majesté Carnaval. Des cendres chaudes, oui, des cendres brûlantes comme celles qui se mêlent au fer rouge des dernières gorgées de whisky.

L'heure est-elle enfin venue? Devrai-je disparaître à mon tour?

Cependant, aucun oiseau-phénix ne saurait renaître d'un cadavre au fond des eaux.

***

Johnny commente tout ce qu'il voit. Je fermerais les yeux que je suivrais quand même les mouvements de la foule. Il décrit chaque étape du spectacle, les flammes qui se reflètent dans l'eau tranquille, leur montée en spirale vers la face rougeaude qui rit encore de toutes ses dents. Un bout de papier doré rougeoie, un morceau de sceptre s'effrite.

Angela regarde avidement le brasier. Que voit-elle parmi les flammes qui s'étirent couleur de sang dans la mer? Et que sont pour elle les cendres grises qui flottent tout autour? La mort symbolique de son fils? Et revient-elle ainsi chaque année nourrir sa douleur pour les mois à venir? Je lui jette un regard furtif, mais rien dans ce visage de glace ne trahit le moindre sentiment, la plus petite souvenance de ce qui n'est plus.

Johnny ne s'aperçoit de rien. Que je voudrais être à sa place, vivre comme lui sans autre souci que celui de faire durer son traitement d'un mois à l'autre! S'il a paru un peu étonné lorsqu'Angela lui a demandé s'il voulait bien qu'elle nous accompagnât ce dernier soir du carnaval, il a immédiatement consenti et, j'en mettrais ma main au feu, sans nulle arrière-pensée. Moi, j'ai beau me casser la tête pour trouver une explication qui la ferait changer d'avis, rien, mais rien, ne se présente à mon esprit. Malgré mon air boudeur, nous nous sommes dirigés vers la plage, tous les trois.

Johnny parle, parle; Angela et moi ne disons mot. Je jure tout bas que je trouverai bien un moyen de la laisser tomber au bon moment. En attendant, je m'arrête avec complaisance au souvenir qu'à Florence, Angela a bien su se passer de moi. Qu'elle m'a abandonnée pour cueillir son plaisir avec Signor Pulcioni.

Qu'est-ce qui m'empêche d'en faire autant? J'en ai assez de jouer le rôle de Jeannot auprès d'elle. Ce soir, la rupture sera définitive. Plus de caresses soi-disant maternelles, plus de retours seule à seule aux lieux qu'elle fréquentait avec Jeannot. Et tant pis si je suis forcée de chercher un autre logement. Je retrouverai ma précieuse liberté. Pas de greffe, pas de tuteur pour me redresser, pour me mouler dans une forme régulière, symétrique. Je suis et je resterai Sauvage-Sauvageon.

En vérité, les autres, et Angela même, existent si peu pour moi. Juste le peu dont j'ai besoin. Comme de Johnny, ce soir.

Avec le feu d'artifice, il y eut un brusque écart dans la foule. Johnny qui me tenait par la main — Angela était à côté de moi — a été pris dans le mouvement de sorte que nous nous sommes trouvés, tous les deux, à quelques mètres de la mer, mais sans Angela. On apercevait à peine sa taille rondelette au milieu d'un groupe de touristes.

Le brave Johnny a aussitôt voulu retourner en arrière vers elle. J'ai fait semblant de ne pas retrouver les traits pourtant si familiers dans la cohue qui allait grandissante. Et pendant que je dirigeais mes regards ça et là sans but, que la main impétueuse de Johnny me tirait vers le point précis où Angela se trouvait encore, je traînais la jambe. À un moment donné, j'ai trébuché. Quand Johnny a voulu reprendre sa course, il était trop tard. La foule avait avalé Angela.

Navré, Johnny s'obstinait quand même. Moi, je m'appliquais à boiter un peu, juste assez pour le retarder. Les remous de la foule ont enfin rendu inutile toute tentative, et Johnny a dû s'avouer vaincu.

— Écoute, lui dis-je après un moment. Mieux vaux rester où nous sommes. Les quais sont bondés. Si nous attendons un peu, nous finirons bien par l'apercevoir. Car elle doit nous chercher, elle aussi.

Nous sommes restés là, au bord de la mer, Johnny, malheureux. Moi, je jubilais.

— *Come, my dear.* Ton air sombre n'arrangera rien.

Et pour lui faire oublier Angela :

— Regarde, ai-je repris. As-tu jamais vu pareil spectacle? Les Niçois acclament la mort de leur roi qu'ils ont eux-mêmes livré aux flammes comme un pauvre martyr de l'Inquisition. Regarde! des bouquets de fleurs éclatent au milieu de la fumée. Feux d'artifice! Fête de la vie, fête de la mort! C'est cela le Carnaval. Et même si Sa Majesté réapparaît l'an prochain, ce sera sous un autre titre. La mort aura encore une fois gagné la partie.

Johnny aimait que je « philosophe » ainsi. Il disait que je savais aller au cœur des choses tandis que lui en restait toujours aux apparences. Tout en affirmant qu'il se trompait, je le croyais incapable de soupçonner les motifs réels de mes observations. Sa droiture innée le rendait aveugle aux envers du décor. J'ai appris pour mon malheur qu'il était autrement.

En attendant je jouais de ce que je considérais son ignorance de la vie comme d'une fausse note qui aurait eu d'étranges résonances dans la composition de mon existence.

Fasciné par le brasier qui s'éteignait lentement au milieu d'une réjouissance on ne peut plus sensuelle, Johnny oublia Angela. J'avais misé sur son attirance pour la couleur, pour la sauvagerie au fond des yeux comme pour la gaieté des visages, pour un contraste qui ne manquerait pas de le séduire, et il avait oublié Angela.

Il ne me restait qu'à faire confiance à sa sensualité dans ce que je voulais croire être son premier éveil.

***

Je suis rentrée au petit matin. La Redoute avait été un succès. Et la nuit qui s'ensuivit.

Johnny avait eu un instant d'hésitation lorsque d'un coup j'avais laissé tomber sur les carreaux la robe rose églantine. Au fait, pourquoi avais-je choisi cette couleur? Il avait rougi en me voyant toute nue devant lui, fièrement indécente. Mais il avait succombé. Et je n'ai eu aucune difficulté à lui faire croire que, pour moi aussi, c'était la première fois.

D'Angela, il ne fut pas question.

Un dernier baiser, une dernière étreinte, et, satisfaite de moi-même, j'enfile doucement l'escalier qui mène à l'appartement.

Ma clef glisse dans la serrure. J'enlève mes souliers et, sur la pointe des pieds, je me dirige vers ma chambre. Un moment d'arrêt devant celle d'Angela, et convaincue que tout est pour le mieux puisqu'aucun son ne trahit une Angela coléreuse ou même inquiète de mon absence, je m'endors en paix avec moi-même et avec mes sens.

Un coup de sonnette à la porte d'entrée. Quelle heure est-il? Et pourquoi Angela ne va t-elle pas ouvrir, elle qui est toujours sur pied très tôt le matin? Et qui diable se permet de venir me réveiller alors que je viens à peine de m'endormir?

Puisqu'Angela ne semble pas vouloir se déranger, force m'est donc d'aller ouvrir.

La sonnerie a repris de plus belle. J'ouvre en grommelant contre l'intrus qui s'est sans doute trompé de porte, et contre Angela qui feint de ne rien entendre.

Pour se venger, me dis-je.

— C'est ici qu'habite madame Angela Salvatti?

Quelque chose dans sa physionomie me fait froid dans le dos. Je resserre autour de moi les plis de mon peignor, tout en pensant que mon manque de sommeil est la cause du tremblement que je n'arrive pas à réprimer.

— Un instant, monsieur l'agent. Je vais l'appeler.

Il m'arrêta d'un geste.

— Vous êtes mademoiselle Maxine Lefebvre?

Et comme je fais signe que oui :

— Elle n'a plus de famille, n'est-ce pas?

— Elle avait un mari et un fils, mais ils l'ont quittée il y a cinq ans.

— Vous êtes pour ainsi dire sa seule famille?

— Je suppose qu'on peut l'interpréter ainsi.

Mais pourquoi est-ce que je réponds à ces questions? Ce n'est pas à moi de commenter le passé d'Angela.

De nouveau, je fais un mouvement pour aller la chercher. Quelque chose est sûrement arrivé à Jeannot. Mon Dieu! il ne manquait plus que cela.

L'agent a tout à coup l'air de vouloir en finir. Son bras sur le mien, il me dit de but en blanc :

— C'est inutile. Madame Salvatti n'est pas dans sa chambre. On vient de la retrouver, elle et ce qui reste de sa voiture au bas de la Grande Corniche, non loin de Monte-Carlo. Elle a dû rater un tournant. Sa voiture est complètement démolie.

Le tremblement de tout à l'heure me secoue de plus belle. Je n'arrive pas à poser la question cruciale.

— Et madame Salvatti? balbutiai-je enfin.

L'agent hausse les épaules.

— On l'a découverte trop tard. Il n'y avait plus rien à faire.

Je le regarde sans comprendre.

— Il faut venir à la morgue. Vous comprenez, c'est pour l'identification.

Cela est impossible, ce n'est qu'un mauvais rêve, un cauchemar dont je viendrai bien à bout de sortir. C'est impossible. Angela conduisait trop bien pour avoir eu un accident.

Au fait, que faisait-elle sur la Grande Corniche au beau milieu de la nuit? Un affreux pressentiment déroule un à un ses anneaux infernaux. Oui, que faisait Angela sur la Grande Corniche tandis que Johnny et moi, nous voguions toutes voiles dehors.

Je ne le crois pas; je ne peux pas, je ne veux pas le croire. Angela dort dans sa chambre. Ceci est arrivé à quelqu'un d'autre. Pas à elle.

Je cours vers la chambre que j'ai souvent partagée avec elle les soirs où le souvenir de Jeannot faisait fuir le sommeil.

La chambre était vide; le lit n'avait pas été défait. Sur la carpette bleue gisaient la photo de Jeannot et la mienne. Elle avait dû les balayer de sa table de chevet à la dernière minute, juste avant de partir pour son rendez-vous avec la mort.

***

Et Johnny?

— Tu m'as retenu alors que je voulais la retrouver, m'a-t-il jeté à la face au sortir de la morgue. Tu as insisté pour que nous attendions que la foule se disperse. Je la voyais encore quand tu as choisi de te fouler le pied. N'est-ce pas que cela aussi était une tromperie? Tu ne t'étais pas fait mal sinon tu n'aurais pas passé la soirée à danser. Tu voulais mon corps, le corps d'un homme, et pour cela, il ne fallait pas d'Angela. C'est nous qui l'avons tuée. Nous lui avions promis de rester avec elle. Tu te souviens?

Johnny n'a plus voulu de moi. La chenille laide et perverse a réintégré son cocon. Sans amie, sans camarade. Et deux autres victimes ont rejoint les premières.

Car Johnny a souffert. Autant qu'un être simple peut souffrir lorsqu'il découvre soudain la duplicité du cœur humain, les miasmes qui s'en dégagent au moment où l'on s'y attend le moins.

Élevé en vase clos, Johnny n'avait jamais connu le mal, le vrai mal, celui que l'on nourrit loin des yeux. Certes, il n'avait pas atteint ses dix-neuf ans sans reconnaître que l'on pouvait être malhonnête en affaires, qu'il y avait même à Boston, des médecins arrivistes qui soignaient leur réputation plus que leurs malades, et que même au sein de la petite société puritaine qui était sienne, il y avait eu plus d'une effraction aux règlements du mariage, que l'usage de la drogue n'y était pas inconnue. Mais rien ne l'avait préparé à la trahison d'un être que l'on disait aimer pour le simple plaisir d'une nuit où il n'y avait pas été question d'amour.

Parce qu'il s'était laissé manipuler comme une marionnette — c'est ce qu'il ne pouvait se pardonner —, Angela était morte. Convaincue que nous ne voulions pas d'elle, elle s'était enfuie dans la « topolino » sans penser aux dangers de la Grande Corniche en pleine nuit.

De mes soupçons, ou plutôt de ma certitude que l'accident avait été délibéré, choisi en toute lucidité, j'ai pris soin de ne lui donner aucun indice.

Johnny n'avait pas prévu que la Redoute se terminerait dans sa chambre. Et cela aussi, il ne me le pardonnait pas. Non qu'il regrettât sa virginité perdue, mais parce que, pour moi, il n'avait été qu'un homme, n'importe quel homme.

Lui aussi, je l'avais trahi.

Un jour qu'il me ressassait les mêmes accusations tout en s'accusant lui-même de s'être laissé séduire bêtement par une fille en mal d'homme, je lui ai crié à bout de patience, car n'avais-je pas assez de mon crime sans me charger de ses remords de pacotille :

— Elle ne pouvait pas te sentir, mon petit. Elle te faisait la tête dès que tu apparaissais. Elle était jalouse, tu comprends, jalouse, parce que j'osais vivre en dehors de son orbite. Et avec quelqu'un de jeune, en plus.

Johnny n'a pas bronché. D'une voix aussi froide que le vent d'hiver au-dessus des prairies, il me cingla en plein visage :

— Tu sais pourquoi elle ne m'aimait pas, comme tu dis? C'est que je lui rappelais Jeannot. Lorsque tu m'as présenté, la première fois, elle m'a regardé comme si elle cherchait quelqu'un d'autre. Puis elle a baissé les yeux, et une sorte de rictus lui a tordu la bouche. Tu n'as rien vu, tu t'affairais auprès de l'apéritif.

Après un moment, il a ajouté :

— C'est plus tard que j'ai compris.

De surprise, je devins agressive.

— Ce n'est pas ce que j'entendais lorsque tu n'étais pas là. Dieu sait qu'elle m'a assez rebattu les oreilles à ton sujet; tu n'étais qu'un gosse de riche, un môme qui voulait tâter de la vie avant de retourner en Amérique s'enrichir à son tour, etc., etc. Et tu essayes de me dire maintenant que tu lui étais sympathique? Allons, ne sois pas si bête.

— Non. Toi, même avec toute ton intelligence, tu ne peux pas comprendre. Tu parles bien, mais les vrais sentiments, ceux qui comptent, tu ne les connais pas ou tu ne veux pas les connaître. Ce n'est pas aujourd'hui que je le sais. Ou plutôt je m'en doutais. Ce qui est arrivé m'a enfin ouvert les yeux. Écoute-moi...

C'est d'ailleurs pour la dernière fois. Si Angela était jalouse, ce n'était ni de toi ni de moi, c'était une sorte de mystère indéchiffrable qui faisait que moi, j'étais là en chair et en os, et que Jeannot, lui, n'y était pas. C'était ça sa jalousie, rien d'autre.

J'avais devant moi un Johnny inconnu. Comment en était-il arrivé à une explication tellement simple et pourtant des plus vraisemblables? Comment n'y avais-je pas pensé? Il n'y avait pas jusqu'à son nom qui ne rappelât celui du fils disparu : Jeannot, Johnny, la seule différence était une distinction de langue.

***

J'ai continué ma vie au Collège; j'ai repris mes promenades. J'ai fait kilomètre sur kilomètre pour fuir le visage angoissé d'Angela que j'avais bel et bien aperçu le dernier soir du Carnaval. Il me poursuivait du Collège à l'appartement que j'ai enfin vendu pour me débarrasser de tout souvenir. Je suis allée habiter la vieille ville, et, de ma chambre qui avait vue sur le port, je contemplais sans les voir les pétroliers, les cargos qui faisaient escale. Je me suis plongée dans la rédaction de ma thèse, mais le regard et le sourire d'Angela filtraient à travers les mots; son rire perlait à mes oreilles au long de mes lectures, et je m'empressais de retourner à la bouteille d'eau-de-vie, moi que l'alcool n'attirait pas tellement.

J'ai revu monsieur Marius, j'ai essayé de lui expliquer... Mais il me reçut froidement comme si, lui aussi, avait compris que je n'étais pas aussi innocente que j'aurais voulu le croire.

Il ne reste qu'à ajouter un post-scriptum à cette sordide histoire. Et j'en aurai fini avec Angela, et avec Johnny.

C'était le dernier jour des cours. Mes valises étaient faites. Je quittais Nice sachant que je n'y reviendrais jamais.

J'avais fait mes adieux à ma classe de sixième, celle dont la turbulence attirait invariablement les foudres d'Angela, lorsqu'une petite s'approcha timidement, tripotant quelque chose dans son dos.

Elle ne brillait pas en anglais, mais Angela avait toujours répété qu'elle avait des aptitudes pour le dessin. J'avais vu de ses portraits au crayon et au fusain.

Sans être tout à fait naine, elle était de très petite taille. Ses jambes trop courtes gravissaient difficilement les escaliers. J'ai souvent vu Angela qui lui donnait la main d'une marche à l'autre.

— Mamzelle, j'ai quelque chose pour vous, pour que, quand vous serez dans votre pays, vous n'oubliez pas — elle s'arrêta avant de reprendre plus bas — les Niçois que vous avez connus.

Sans un mot de plus, elle retira brusquement ses mains de derrière son dos. Elle poussa vers moi une feuille de papier à dessin. C'était le portrait d'Angela fait de mémoire.

— Je sais que vous l'aimiez, vous aussi, dit-elle simplement.

***

Et voilà! Le rideau tombe sur un autre acte. Mais où est le *deux ex machina* qui doit tout sauver?

Je ne vois que le bleu cru d'un ciel sans nuage, et une eau qui se traîne lentement vers la plage.

Troisième partie

- 1 -

Les années ont passé. J'ai obtenu le titre de « Docteur de l'Université de Paris ». J'ai reçu les félicitations du jury. Avec des amis de hasard, j'ai célébré au champagne ce diplôme qu'on venait de me décerner « avec grande distinction ». L'invitée d'honneur, j'ai festoyé avec les autres, mais quelque chose ou quelqu'un manquait à la fête.

J'avais dûment annoncé à mon père la date de la soutenance; cependant, j'avais évité l'invitation qu'il devait attendre. Car il aurait traversé terres et mers pour retrouver sa Sauvageon. Pour fêter mon succès. Nous aurions visité la Bretagne, pays de ses ancêtres. Il en avait souvent parlé dans ses lettres, mais j'avais toujours réussi à l'en dissuader. Pourquoi? Parce que je lui en voulais encore? Ou parce qu'il m'était devenu indifférent?

Non! des liens subtils, impalpables, nous rattachaient encore l'un à l'autre malgré les distances, une affinité spirituelle que ni le temps ni mes évasions n'avaient pu entamer.

À travers toutes mes révoltes, au milieu de mes années de vagabondage en Europe, c'était la présence de mon père que j'avais toujours fuie, le seul être que j'eusse réellement aimé. Je peux bien en convenir maintenant et cesser de me mentir. Marcel, Angela, Johnny, et ceux qui sont venus après, tous des êtres de passage. Ma mère avait disparu trop tôt. L'image de mon père seule avait survécu; elle surnageait, indestructible. Elle réapparaissait au moment où je m'y attendais le moins. Et avec elle, les souvenirs. Car malgré tout ce que je devais à la vieille Europe, même modernisée, même américanisée avec ses *drug-stores* et ses *self-service*, l'Ouest canadien était resté *mon* pays, celui de mon père et le mien. Le parfum de la fraise des bois s'était dissipé mais les effluves capiteux d'un champ de blé au mois d'août revenaient à ma mémoire.

C'est en regardant éclater l'une après l'autre les bulles pétillantes dans mon verre que j'ai décidé de rentrer au pays. Certes, il ne pouvait être question de retourner en Alberta. Non! j'irais encore plus loin à l'ouest, à la limite même du continent. Par un soir de fin août, l'avion m'a déposée à Vancouver.

***

Le soleil sillonne de biais l'eau qui continue à monter. Le léger clapotement de tout à l'heure a cessé; bientôt la mer battra la plage.

Elle m'attend. Comme moi aussi j'attends l'instant où je sentirai son eau froide embrasser mon corps, resserrer son étreinte autour de ma gorge, se glisser vers ma bouche, mes yeux... Alors, et alors seulement, je me laisserai couler à fond. Dernière précaution, j'aurai pris soin d'avaler toutes les capsules rouges.

La vague qu'enflamment les rayons du soleil couchant m'attire, m'attire... Son sel amer est sur mes lèvres; il se confond avec la brûlure de l'alcool.

Je quitterais cette chaise longue; quelques pas et je m'allongerais sur ce rocher à fleur d'eau. Et ce serait fini. *Consummatum est!*

Mais non! le moment n'est pas encore venu. Le dernier acte n'a pas été joué, et mon père doit reparaître en scène. Ensuite, je serai libérée, et la goutte de sang qui décrit d'étranges arabesques dans ma main se dissoudra, elle aussi, dans l'eau froide de la mer.

***

Je suis dans mon bureau. Je me repose de la pile de copies qu'il me reste à corriger en regardant le bras de mer qui s'étire vers la ville.

Le détroit est gris, ce matin j'aperçois vaguement la ligne de démarcation que trace la Fraser. Il y a eu une tempête et les rafales de vent ont poussé la masse jaunâtre de la rivière jusqu'aux abords de la ville.

Les montagnes bouchent l'horizon. Je m'amuse à suivre leurs crêtes blanches de neige, l'une bousculant l'autre, et je pense à ce qu'il a fallu de courage et d'endurance pour y tracer les premières routes. Je pense aux Indiens qui ont affronté la densité de leurs forêts, la menace de leurs flancs, l'avalanche sournoise. Et je pense aussi que les cougars en descendent parfois l'hiver lorsque la faim les pousse vers l'homme.

Je sais qu'il est facile de se perdre dans le fouillis de *salal*, de fougères, de cèdres et de pins, et que les équipes de secours sont souvent en état d'alerte. Je sais que l'incendie se propage vite d'un versant à l'autre.

Sur ma droite, j'aperçois l'îlot de gratte-ciel du centre-ville. À gauche, c'est la haute mer. Les remorqueurs halent les trains de bois, les traversiers et les cargos entrecroisent fièrement leurs sillages.

La sonnerie du téléphone me rend à la réalité.

— Mademoiselle Maxine Lefebvre?

— Oui, c'est moi.

— Ici, l'Hôpital Général d'Edmonton.

Mon cœur bat à coups redoublés. C'est à Edmonton que s'est retiré mon père.

Peu avant mon retour au pays, il avait manifesté le désir de me voir revenir en Alberta; il avait eu l'espoir que je ferais une demande de poste à l'université de cette ville. Nous aurions recommencé à neuf, nous serions redevenus père et fille au lieu de deux étrangers qui s'évitent. Nous aurions renoué nos liens d'autrefois.

Se rappelait-il, lui aussi, la magie des jours envolés?

J'ai refusé, j'ai fait comme si rien ne subsistait d'un passé qui nous avait été si cher à l'un comme à l'autre. Et pendant dix ans, j'ai vécu seule à Vancouver, comme lui à Edmonton.

La voix étrangère insiste :

— C'est bien mademoiselle Lefebvre?

— Oui.

Je suis sans voix. J'attends je ne sais trop quoi.

— C'est au sujet de votre père, monsieur Louis Lefebvre.

Je ne trouve pas les mots qu'il faudrait. J'attends qu'on m'annonce cette nouvelle, la nouvelle que je n'ose préciser.

Au bout du fil, la voix continue, calmement impersonnelle :

— Monsieur Lefebvre a été transporté à l'hôpital, ce matin.

Je réussis enfin à balbutier :

— C'est grave?

— Une crise cardiaque. Il vaudrait peut-être mieux venir.

— J'arrive par le premier avion. Je serai là en fin d'après-midi.

J'ajoute sans presque m'en rendre compte :

— Je vous en prie. Faites l'impossible. Et dites-lui bien que Sauvageon est en route, qu'elle vient. Et qu'il va guérir.

Il faut qu'il guérisse. Je ne cesse de me le répéter dans l'avion qui me transporte au-dessus des Rocheuses vers la plaine que j'ai quittée un jour jurant de ne plus jamais y remettre les pieds.

Qui me ramène à mon père dont je n'arrive pas à imaginer les traits dans son lit de malade.

Ma pensée se fixe obstinément sur le compagnon de mes rêves d'enfant, de mes promenades à la campagne où la main dans la main, nous parcourions un autre monde, un monde doré bordé d'églantines.

Monde disparu à jamais! Je n'ai qu'à regarder les appareils de forage au milieu des fermes, les motels qui jonchent les abords de ce qui est maintenant une autoroute, les énormes panneaux qui proclament Edmonton la capitale du pétrole. Les années ont tout chambardé. Il ne doit plus rien rester de mon petit village au Nord. Longtemps avant mon départ pour la ville, l'âge du pétrole avait commencé à y étendre ses tentacules. Les derricks se dressaient déjà un peu partout au milieu des champs. Et les étrangers affluaient, persuadés d'y faire promptement fortune.

Je ne veux pas revoir ce village. Les transformations qu'a subies la ville d'Edmonton me suffisent. Je ferme les yeux sur elles et je m'efforce de retrouver le long des rues encombrées d'énormes voitures quelque vestige de mon passé estudiantin. Le chauffeur du taxi m'est inutile : c'est un récent immigrant du Portugal qu'enthousiasme la ville actuelle.

Riche, l'Alberta l'est devenue, mais son énergie bruyante, l'éclat de ses gigantesques entreprises, toute cette fièvre qui se déploie d'un quartier à l'autre me sont pénibles. Je ne trouve aucun point de repère, aucun tournant où je puisse accrocher mes souvenirs.

Nous voilà enfin à l'hôpital.

Je me perds dans ses couloirs malgré les directives parfaitement claires que m'a fournies le bureau de renseignements.

Je revois mon père. Je le retrouve, aussi pâle que ses oreillers, sa peau presque diaphane. Son regard fixe la jeune femme devant lui.

Après un instant qui m'est une éternité, la voix chaude que j'avais gardée en moi, à peine audible, murmure avec effort :

— Sauvageon? Maxine? C'est toi? C'est bien toi?

Comme autrefois, le même nœud me serre la gorge, m'étouffe. Et c'est comme une statue de sel que je m'approche enfin, que je me penche pour l'embrasser.

Son regard m'interroge, puis se détourne. Un pli déforme sa bouche. Un soupir lui échappe. Il a mal, je le sens, mais je suis incapable de faire le geste qu'il attend de moi. Ma main s'avance; je voudrais la poser sur son front. Je cherche les mots qu'il faudrait lui dire et je ne trouve que :

— C'est moi. Papa. Maxine. Je suis là et tu vas guérir.

Il sourit, mais la sueur perle à son front.

Je souris à mon tour. Mon sourire est tout ce que je peux lui offrir, et il est gêné et timide, et je sens qu'il apporte si peu, si peu, que je me détourne à mon tour.

— Ne parle pas. Je vais rester avec toi. Je ne te quitterai pas, je te le promets.

Les paupières de mon père s'abaissent mais il ne dort pas. Peut-être cherche-t-il à donner une place dans ses souvenirs à celle qui est assise à son chevet, à cette jeune fille qui n'en est plus vraiment une, à ce Sauvageon qu'il n'a pas vu depuis plus de quinze ans. Peut-être repasse-t-il dans sa mémoire les lettres tout juste correctes qui lui parvenaient de Paris, de Nice, les cartes postales d'un peu partout, et ce mot à la va-vite qui lui annonçait, il y a déjà longtemps, l'arrivée probable d'un petit-fils. Peut-être se rappelle-t-il l'autre lettre, celle qui refusait toute aide, celle qui lui avait dit, en fait, qu'on n'avait pas besoin de lui, qu'on se débrouillerait toute seule.

Ce sont ces questions auxquelles il n'y a pas de réponse qui me font mal aux tempes pendant que je m'efforce de deviner ce qui se passe derrière les paupières bleuâtres et le front quasi transparent. Son visage creusé de rides. Ses mains croisées sur sa poitrine se soulèvent à peine au gré de sa respiration. Elle est si ténue que, moi aussi, je m'arrête de respirer comme pour m'assurer que le mince souffle de vie tient toujours, que la mort a encore une fois fait halte. Pour combien de temps? Point d'interrogation qui me déchire et, pourtant, je reste là, spectatrice impuissante. Car que dire? Que faire? J'ai perdu l'habitude des gestes affectueux, des paroles qui guérissent.

L'infirmière va et vient. Ses gestes sont précis, son visage attentif. Aucune émotion n'altère son regard, mais à son approche, mon père entrouvre les yeux. Il ne lui sourit pas, mais on dirait que chaque fois qu'elle vient consulter l'appareil qui enregistre les battements de son cœur, qu'elle remonte ses oreillers, sa respiration se fait plus régulière. Je me rends compte au cours des heures que c'est sur elle qu'il s'appuie plutôt que sur moi qui ne lui est plus qu'une étrangère.

C'est bien mon père qui est là, devant moi, mais je ne puis rien pour lui. Je le regarde, je cherche sur son visage ravagé les traits d'un autre. Et je ne me résigne pas. Je veux mon père tel que je l'ai aimé autrefois. Je veux ses yeux rieurs, sa voix pleine de chaleur; je ne veux pas d'un père vieilli que menace la mort.

Immobile, je respire l'odeur des médicaments qui vient des couloirs, j'entends le pas des autres et la voix des autres, mais je reste là, le cœur sec, attendant l'inévitable.

***

Mon père a guéri, mais son cœur ne s'est jamais remis de cette première crise cardiaque. Le médecin m'a avertie que, désormais, il lui serait impossible de pourvoir à ses besoins, qu'il faudrait l'admettre dans une maison de retraite. Le courage m'a manqué à la dernière minute, et c'est ainsi que mon père qui avait tant aimé la plaine l'a quittée pour venir habiter le pays des montagnes et de la mer qui était devenu le mien, que je ne voulais échanger pour nul autre, encore moins pour celui de mon enfance.

Il l'a quittée sans un mot de regret, mais je me suis longtemps rappelé le regard qu'il a jeté sur les champs avoisinants à peine sortis du sommeil de l'hiver albertain avant de monter dans l'avion qui a vite disparu parmi les nuages, en route vers la Colombie-Britannique.

***

Allons, Maxine Sauvage-Sauvageon! Dépêche-toi d'en finir! La Parque a en main ses ciseaux. De ta vie, il ne reste plus qu'un bout de fil inutile, le dernier acte de ton drame ou de ton mélodrame.

***

L'été qui a suivi l'arrivée de mon père à Vancouver s'est passé sans incident. Parce que j'ai vite compris qu'il se sentait à l'étroit entre les montagnes et la mer, et aussi parce que je désirais une petite maison d'été dans une des îles de la côte, j'ai acheté le cottage où je reconstruis, en ce moment, du fond de la chaise longue qui était la sienne, ce que devaient être ses dernières années.

Il avait beaucoup vieilli. La maladie et, sans doute, la peine que je lui avais causée, sans oublier l'humiliation qu'il avait dû subir, et subir tout seul, quand ma belle-mère l'avait abandonné pour un ingénieur de la *Shell-Oil*, avaient dénudé et blanchi ses cheveux, avaient labouré son visage. Son regard était aussi bleu qu'autrefois, mais par moments une certaine timidité, quelque chose d'humble qui faisait mal à voir le voilait, de sorte que j'avais l'impression qu'une porte se refermait, qu'un rideau tombait entre lui et moi malgré ses efforts pour combler la distance qui nous séparait.

J'ai pris soin de lui, de sa santé. Mais je ne cherchais pas à pénétrer ses pensées, à les partager, à lui donner rien d'autre qu'un certain confort matériel. Et je me croyais quitte envers lui.

Et puis, il y avait Shaun. Michael Shaun O'Flagerty, professeur de littérature anglaise, spécialiste de l'école romantique.

Il y avait lui... et moi...

— Monsieur Lefebvre, je suis heureux de faire votre connaissance, a dit Shaun lorsqu'après plusieurs semaines, je me suis décidée à le présenter à mon père.

Il a ajouté sans que j'y prête attention :

— Maxine m'a dit le grand amour que vous aviez pour la nature. Vous devez vous rapprocher des romantiques, de Wordsworth, par exemple.

À mon grand étonnement, et aussi à mon grand déplaisir, voilà Shaun en train de réciter :

There was a time when meadow, grove, and stream,
The earth, and every common sight,
To me did seem
Apparelled in celestial light,
The glory and the freshness of a dream... *

Il fut un temps où les ruisseaux, les prés, les bois,
La terre, et tous ses traits familiers,
À mes yeux semblaient être
Enveloppés de céleste lumière,
De la splendeur et de la nouveauté d'un rêve.

Mon père reprit doucement :

It is not now as it hath been of yore; —
Turn wheresoe'er I may,
By night or day,
The things which I have seen I now can see no more...

...Où ont-ils fui, ce reflet, cette vision?
Où sont-ils maintenant, la splendeur et le rêve?

J'étais sidérée. Mon père qui avait manié comme pas un le langage sybillin des juristes, mon père connaissait donc les romantiques anglais? Mais qu'est-ce que j'avais jamais su de l'emploi de ses loisirs? Comment il avait peuplé sa solitude après le départ de ma belle-mère. Pendant mes années d'absence? Pourquoi ne se serait-il pas tourné vers la poésie, lui qui l'avait

* Poésie de Wordsworth avec traduction de Louis Cazamian dans *Anthologie de la Poésie anglaise*, Éditions Stock, Delamain et Boutelleau, Paris, 1946.

fait vivre pour moi longtemps avant que je reconnaisse qu'il m'avait ainsi initiée à un monde autrement riche que celui que je côtoyais tous les jours?

À mon tour, j'aurais pu reprendre le récitatif :

Le ciel est tout autour de nous dans notre enfance!
L'ombre de la prison commence à se fermer
Sur l'adolescent qui grandit;

Je ne l'ai pas fait. Je ne voulais pas ressusciter les cendres de mes cinq ans, de mes huit ans. À aucun prix, je ne renouerais avec le passé. Celui-ci était mort; je l'avais tué.

J'écoutais ces deux hommes, la voix faible et pressante de l'un s'échauffant peu à peu au contact de la mélodie sous-jacente, l'autre, plus jeune, enthousiaste, animant à son tour l'œuvre poétique jusqu'à ce que les deux se confondissent enfin :

Alors chantez, oiseaux, chantez un joyeux chant!
Que les jeunes agneaux bondissent,
Ainsi qu'au son du tambourin!

Les vers s'accrochaient à moi, tyranniques, intolérables :

Qu'importe que l'éclat jadis si lumineux
Soit maintenant ravi pour jamais à ma vue;

Même si rien ne peut ramener l'heure
De la splendeur dans l'herbe et la gloire en la fleur;
Nous ne pleurerons pas, mais trouverons
Notre force en ce qui nous est laissé;

Non! me dis-je. Rien, rien ne subsistait de ces années que moi aussi j'avais connues, qu'on m'avait enlevées me laissant les mains et le cœur vides. Je n'avais que faire des compromis pitoyables, de la piteuse résignation qu'apporte la vieillesse. Tant qu'il me resterait un souffle de vie, je refuserais... je refuserais tout. Je resterais Sauvage-Sauvageon, coléreuse et rebelle.

— Vous êtes ridicules, ai-je enfin éclaté. On dirait deux jouvenceaux qui viennent de découvrir les joies simples de la vie pastorale. Vous feriez mieux de reconnaître que vous n'avez rien de commun avec les *flower children*.

J'ai ajouté méchamment :

— Je vous vois à peine tous les deux assis en bonze, poétisant autour d'un feu de bois.

Mon père s'est tu. Un éclair de colère vite éteint a passé dans le regard de Shaun. Se tournant vers moi, il a laissé tomber négligemment :

— Quelle mouche te pique tout à coup? C'est bien la première fois que tu t'opposes à ce que je parle poésie. C'est mon métier, et ne l'oublie pas, c'est aussi le tien, *my dear.*

Il s'est penché vers mon père, maintenant immobile dans son fauteuil.

— Si vous le voulez bien, nous reprendrons plus tard notre voyage chez les romantiques.

Cela me ferait plaisir. Et je crois que nous allons bien nous entendre, n'est-ce pas?

Je les ai quittés sur ces mots mais non sans entendre la dernière remarque de Shaun.

— Il ne faut pas vous en faire au sujet de Maxine. Elle a de ces moments. En réalité, elle aime la poésie et la nature aussi. C'est bizarre! a-t-il ajouté après un moment, on dirait que c'est malgré elle.

J'ai fui vers la cuisine. Lorsque je suis revenue avec le café, ils parlaient de la situation économique dans le monde. Et l'on n'aurait jamais cru que, quelques instants plus tôt, deux âmes de poète s'étaient rencontrées sur la même chaîne.

- 2 -

Shaun est souvent venu rendre visite à mon père. Il lui apportait un nouveau recueil de poésie, un ouvrage de critique; et Wordsworth, Coleridge, Keats et Shelley sont devenus les familiers de mon père.

Je m'éclipsais pendant leurs discussions. Sous un prétexte ou un autre, n'importe lequel suffisait, je parvenais sans trop de peine à éviter de prendre part à la conversation. Façon de garder mon secret, de ne révéler d'aucune manière que j'avais aimé, que j'aimais sans doute encore la nature des romantiques. Et lorsqu'il m'était impossible de me dérober, lorsque Shaun insistait pour connaître mon opinion sur quelque aspect d'une œuvre, je prenais plaisir à les confondre. Et je leur citais :

Quelle est cette île triste et noire? — C'est Cythère,
Nous dit-on, un pays fameux dans les chansons,
Eldorado banal de tous les vieux garçons.
Regardez, après tout, c'est une pauvre terre.

Ou encore :

Rappelez-vous l'objet que nous vîmes, mon âme,
Ce beau matin d'été si doux :
Au détour d'un sentier une charogne infâme
Sur un lit semé de cailloux...

Un jour, mon père m'étonna. Je venais de terminer sur ce que je croyais une note triomphante quand, ses yeux devenus des puits profonds, il prononça lentement, scandant chaque mot :

Je suis de mon cœur le vampire,
— Un de ces grands abandonnés
Au rire éternel condamnés,
Et qui ne peuvent plus sourire!

Il avait raison, mon père. À cette époque, je riais facilement, moqueuse comme un cacatoès à qui on aurait appris un comportement pseudo-humain. Mais je ne souriais pas.

Shaun s'amenait toujours le sourire aux lèvres, un de ces sourires qui remontent le long des joues et plissent les yeux, laissant échapper sous les paupières un trait de lumière joyeuse.

Mon rire retentissait entre mon père et Shaun, mais mon visage restait fermé.

Je me demande encore pourquoi Shaun tenait à moi. Encore jeune, il lui aurait été facile de se trouver une amie, une maîtresse plus aimable. Je le rebutais souvent. Il s'éloignait pendant quelques jours, mais il revenait une fleur à la main, un bout de chanson aux lèvres. Ses étudiants l'adoraient, et pour cause! Autant sa réputation de savant commandait leur respect, autant sa gaieté naturelle et ses gestes bon enfant les attiraient de sorte qu'il se déplaçait rarement sans quelques étudiants à ses trousses. Son bureau de travail était presque toujours assiégé par quelqu'un en détresse : travail littéraire dont la portée échappait au malheureux, devoir laissé en suspens par manque d'idées, ou même difficultés de famille qu'on lui confiait comme s'il pouvait d'un mot tout remettre en ordre.

Tel était Shaun, et tel il est resté jusqu'à ce que de lui aussi j'aie fait place nette.

Mon père se doutait bien que les liens qui nous unissaient n'étaient pas ceux d'une simple amitié. Mais il fermait les yeux sur mes allées et venues. Il ne disait rien lorsque je rentrais très tard la nuit, ou que je n'apparaissais que pour préparer son petit déjeuner avant de partir en trombe pour l'université. Il ne me posait pas de questions. Je n'offrais aucune explication, aucune excuse. N'étais-je pas libre? Et n'avais-je pas le droit de faire comme bon me semblerait?

Un jour, cependant, mon père aborda le sujet épineux. Il le fit sans détours, mais sa voix tremblait un peu.

— Maxine, n'as-tu jamais pensé à te marier?

Je pouffai de rire.

— Moi, me marier? Et pourquoi? Je suis bien ainsi.

Soudain, toutes griffes dehors :

— Qu'est-ce qui te prend tout à coup? criai-je. Tu n'es pas pour commencer après toutes ces années à me faire la leçon. Remarque que, si je me mariais, c'est toi qui en souffrirais. Le père, en plus du mari, ce serait un peu beaucoup! Ne trouves-tu pas?

Mon père ne releva pas la remarque désobligeante.

— Tu n'es pas heureuse, Maxine.

Je continuai à rire.

— Non! dit-il. Tu n'es pas heureuse. Ton rire est faux, et tu ne sais plus sourire.

Comme je ne disais rien, il reprit doucement :

— Je pourrais me retirer dans un foyer. Je ne vous gênerais pas, Shaun et toi.

— Ah! c'est Shaun que tu as choisi comme gendre. Dis-moi, puisque tu sembles avoir tout décidé, quand le mariage doit-il avoir lieu? Enfin, n'ai-je pas droit au chapitre, moi aussi?

— Ne fais pas la mauvaise, Maxine. Ta colère aussi est fausse. J'ai vu les regards que vous vous jetez parfois, Shaun et toi. Et je ne suis pas encore assez gâteux pour ne pas comprendre. Vous faites un beau couple, tu sais. Lorsque je vous vois ensemble, cela me rappelle ta mère et moi. Je ne l'ai jamais oubliée; je la vois encore aujourd'hui telle qu'elle était, douce, patiente, et... n'abandonnant jamais la partie lorsqu'elle savait avoir raison.

Un soupir lui échappa :

— Nous étions heureux tous les trois, ta mère, toi et moi. Pourquoi a-t-il fallu qu'elle nous quitte si tôt? Après sa mort, tout est allé à vau-l'eau. Tu n'as plus été la même, et moi non plus. Mon second mariage a été la plus grande erreur de ma vie. Tu es partie. Et tu n'as plus jamais voulu revenir.

— Et maintenant, dis-je, il faut vivre dans le présent. Tu es avec moi, et je n'ai nullement l'intention d'épouser Shaun. D'ailleurs, il ne peut être question de mariage. Shaun a déjà une femme. Oui, une femme, en Irlande. Et un fils aussi. Et jamais, il me l'a dit, il n'acceptera de lui céder son fils.

— Tu te contentes donc de n'être que sa maîtresse, qu'une femme qu'on laisse tomber sans même lui dire « Au revoir! »

Il secoua la tête.

— Et, pourtant, je sais que Shaun t'aime.

— Il te l'a dit?

Mon ton ironique lui fit mal. Je m'en aperçus au frémissement de ses paupières. Sa voix, lorsqu'il se remit à parler, était tellement humble qu'elle en était déchirante.

— J'aurais tant aimé avoir un petit-fils, mon petit-fils à moi, avant de mourir!

Il faisait pitié mais cela ne diminuait en rien l'aigreur qui montait à mes lèvres.

— Tu sembles avoir oublié que ma mère est morte parce que tu voulais avoir un fils? Que je ne te suffisais pas? Tu te rappelles?

— Tu ne me l'as jamais pardonné. Tu as durci ton cœur contre tout ce que nous avions partagé ensemble. Et dire que j'ai cru qu'un second mariage arrangerait les choses.

La colère m'emporta.

— Ne viens pas me dire que tu t'es remarié pour moi. Ce serait à crever de rire. Tu t'es remarié parce que tu voulais que la belle rousse du village ne soit plus qu'à toi. Elle avait déjà sa réputation, tu sais, « la belle-mère ». Je n'étais qu'une enfant, mais, moi aussi, comme toi maintenant, je savais pourquoi tu rentrais si tard le soir, quand ce n'était pas le matin. Et, tous les deux, vous vous êtes dépêchés de vous débarrasser de moi. Vous m'avez envoyée au couvent, pour « compléter mon éducation », comme vous disiez. Tu n'es même pas venu lorsque j'ai obtenu mon diplôme de fin d'études. J'ai été la seule à ne pas avoir de famille, ce soir-là. Et tu n'as jamais su non plus qu'on m'avait décerné la médaille d'or des finissantes. Oh! j'ai crâné; je t'ai excusé, toi qui avais oublié que tu avais une fille. Et la médaille d'or? Je l'ai jetée à la poubelle à la première occasion. Tu avais confondu les dates, tu t'es empressé de m'expliquer, quand, à ta grande surprise et à celle de « la marâtre », je suis rentrée à la maison chercher mes affaires. Mais tu ne pouvais plus m'en faire accroire. Ni « la belle-mère » non plus. Et je vous ai détestés, toi de t'être laissé berner par elle, et elle, d'avoir si bien su t'enjôler.

La rancœur que je brassais depuis ce qui me paraissait des siècles, débordait en paroles dures, en ironie blessante. J'avais tout oublié : la maladie de cœur de mon père, les recommandations du médecin de lui éviter toute émotion, et jusqu'au fait que je n'avais jamais cessé de l'aimer, même si je refusais de l'admettre.

Et pourtant, pendant que je hurlais ces atrocités, j'aurais voulu te dire qu'en vérité, le passé ne comptait plus, que tu étais *mon* père et que je n'en aurais pas voulu d'autre. Que j'étais toujours *ta* fille, *ta* Sauvageon, et que je t'aimais.

Mais les paroles qu'il aurait fallu prononcer étaient noyées sous les récriminations. Les reproches, les injures tombaient de mes lèvres, amers et drus, comme sous la moissonneuse les épis dorés que tu avais tant aimés. Je n'ai fait aucun effort pour arrêter le flux immonde. Je vidais mon sac comme j'avais si souvent rêvé de le faire.

Le plaisir que j'en avais escompté ne s'est pas produit. À bout de souffle, redevenue moi-même, je n'ai eu que le sentiment d'une immense détresse comme autrefois dans la chambre de Maman. J'ai quitté la pièce. J'ai refusé de voir la pâleur cireuse de tes traits. Je me souviens seulement que ton corps s'était tassé dans ton fauteuil, et que, de ta main, tu me cachais ton regard.

Ce même soir, j'ai dit à Shaun que j'en avais fini avec lui. Qu'il était inutile de revenir causer avec mon père, que sa présence le fatiguait.

Pourquoi ce dernier mensonge? Cette dernière méchanceté?

J'ai beau chercher, je n'arrive pas à en percer le motif. Est-ce parce que mon père, interrompant un instant mon flot d'invectives, a murmuré tout bas, pour lui seul, que Sauvageon n'existait plus, qu'à sa place, il n'y avait plus qu'une femme haineuse, incapable d'amour parce qu'elle refusait de comprendre et de pardonner.

Ai-je voulu lui prouver qu'il avait raison? Ou que j'étais maintenant la plus forte? Que c'était à son tour de souffrir?

Comment savoir?

Il y a toujours eu en moi ce nœud de contradictions, et je suis trop lasse pour essayer de le trancher. D'ailleurs, où trouver les mots qu'il faudrait dire, les paroles qu'il faudrait prononcer pour convaincre? Je ne sais plus parler aux autres. L'amitié? L'amour? Ce sont pour moi des termes vides de sens. Parfois, dans un coin obscur, tout au fond de moi-même, avec Marcel, avec Angela, une petite étoile avait brillé. Et j'avais senti pendant un moment remonter le goût de la fraise des bois.

Et avec Shaun! Surtout avec Shaun, parce qu'il avait gardé la fraîcheur de l'enfance. Son sourire illuminait sa vie et tous ceux qui l'approchaient.

Malgré ce que pouvait penser mon père cet après-midi où j'ai tout mis à feu et à sang entre nous, et ce même soir où j'ai chassé Shaun, le seul être que j'eusse pu aimer, avec mon père, si les circonstances avaient été autres, la petite étoile ne demandait peut-être qu'à briller de nouveau.

Cela non plus je ne le saurai jamais. L'obscurité a tout envahi. Et il n'y a plus qu'une goutte de sang noir dans ma main. Ni Shaun ni mon père ne peuvent plus rien pour moi, ni moi pour eux. Mon père n'est plus, et Shaun est retourné en Irlande.

***

J'attends, mais je ne sais plus quoi. Le dernier rayon de soleil sur l'eau chatoyante? Ou le courage de faire le pas qui mènerait à l'oubli dans ce ciel à l'envers qu'est la baie à la haute marée?

La bouteille de whisky exhale l'odeur désagréable de sa dernière goutte. Que je m'en abreuve vite!

Je regarde autour de moi. Je vois mal. Et je n'entends plus guère les oiseaux. Se sont-ils aussi tus? Comme ils le font au milieu de la tempête. Se sont-ils réfugiés parmi les pins et les cèdres loin de l'orage qui m'a dévastée?

Je suis là, impassible, comme si la mort avait déjà pétrifié mon visage. Et mes bras pendent inertes, ailes impuissantes à m'élever hors de mon destin.

Je comprends que la nature ne suffit pas à un cœur d'homme, ou de femme. Même le gentil colibri, en ses allées et venues rapides et brillantes comme un rai de lumière, ne parvient plus à me distraire.

Les goélands sont de retour. Ils sont en rangs serrés sur ce qui doit être un arbre mort dérivant au cours de l'eau. Se nourrir! Est-ce là leur seule préoccupation? Que ne sont-ils des hommes, ou une femme seule, devant le mystère d'être? Trouveraient-ils, eux, le mobile du chasse-croisé auquel nous sommes condamnés?

Je divague. La nature n'offre aucune réponse; elle n'est qu'un divertissement à la Pascal.

Au fait, pourquoi ai-je choisi ce lieu, cette baie tranquille comme dernière image du monde? N'ai-je pas toujours préféré les falaises et le grand vent de la haute mer? Mon aire, comme l'appelait mon père. Tout au bout de l'île, loin des yeux, d'où je vivais de mon banc de pierre la violence de la nature. *J'étais* la violence de la mer, du vent, de la tempête. *J'étais* leur mugissement, et leur appel impuissant.

Toute la colère que j'ai nourrie en moi pendant des années se serait-elle écoulée à mon insu? Je ne sais plus..., j'ai sommeil, et je voudrais mourir!...

Mais il manque encore une scène au dernier acte. Un maillon a sauté, et les acteurs (mon père et moi) ont perdu le fil.

Quelle est donc cette scène qui m'empêche d'écrire *Fin* au bas de la page?

- 3 -

Mon père dépérit. Je le sais; il le sait, mais ni l'un ni l'autre, nous ne faisons allusion à son état de santé, tout comme nous ne faisons aucun effort pour nous réconcilier, pour repartir à zéro, en somme.

Je surprends son regard sur moi du fond de son fauteuil. Parfois, j'aperçois une petite lueur qui pourrait être de l'espoir. Ses lèvres s'entrouvrent comme s'il avait quelque chose d'important à me confier.

Je n'encourage pas ces moments. Ils ne durent que le temps d'un éclair, juste assez pour me donner mauvaise conscience, à moi qui ai dit tout ce que j'avais sur le cœur, qui ne veux plus y revenir, ni rien y ajouter, ni rien en retrancher.

Pâques est arrivé. Je profite de la semaine de vacances pour retourner dans l'île. Mon père m'accompagne.

L'île n'est que parfum et fraîcheur, ce matin. Fraîcheur des cèdres qui tendent vers vous leurs gouttes de rosée. Parfum des pins centenaires, de leur sève rajeunie qui envoûte, fait chavirer vos pensées, de sorte que vos pieds dansent dans le petit sentier qui descend vers le cottage. Et que vous chantez en silence, pour vous seule. Maxine-la-Mauvaise a laissé tomber sa défroqué, réapparaît Sauvageon, celle des courses à travers les champs. Ceux-ci n'existent plus pour Sauvageon. Elle les a piétines avec tout le reste, mais la Nature reprend sa revanche, ce matin de Pâques. Et les cloches reviennent de Rome et sonnent à toute volée comme autrefois quand elle attendait leur retour aux côtés de sa mère. Les oiseaux s'affairent dans les branches. Ils s'interpellent, pressés de bâtir, de construire pour les rejetons à venir. Elle n'aura pas de rejeton, Maxine-Sauvageon, et son père n'aura pas de petit-fils. Elle sait tout cela, c'est ce qu'elle a voulu. Mais ses pieds dansent tout de même au rythme de la vie qui explose autour d'elle.

Il n'y a pas jusqu'à la mousse qui ne soit plus douce. La colline qu'elle descend à la course — comme la fillette qu'elle a reniée l'aurait descendue — est une nappe d'or. Délivrés des vents et de la pluie, les pétales des genêts éclatent à la face du soleil. Le colibri est de retour. L'arbousier se balance tranquillement au-dessus de l'eau.

Allons! vite, Sauvage-Sauvageon! L'heure est belle, et le bonheur ne dure pas.

***

— Viens sur le patio. Papa. J'ai placé ta chaise longue au soleil, avec une couverture pour que tu n'attrapes pas froid. Viens, il y fait bon. Ta pipe est à côté et ton livre aussi. Moi, je vais balayer toutes ces feuilles mortes, nous débarrasser des restes de l'hiver.

Je ne sais ce qui m'arrive. Depuis quand suis-je devenue si bavarde? Et avec mon père en plus? Ma loquacité m'étourdit, mais rien à faire, le printemps est dans mes veines.

Mon père aussi semble tout autre. La descente vers le cottage lui a été pénible. Mais il a repris son souffle et, si ses pieds traînent un peu sur le patio, l'élan qu'il donne à ses épaules le fait avancer plus vivement que d'habitude. Il y a même un sourire qui tremble au coin de ses lèvres.

C'est que mon père a vécu sous le signe du soleil. Soleil de l'Alberta sur la neige constellée de diamants, soleil d'été qui mûrissait les blés, soleil qui rosit les gratte-ciel de Vancouver en février, rayons folâtres qui se jouent dans la mer ou qui taquinent les sommets enneigés des montagnes. Oui, mon père aime le soleil; il ne s'est jamais habitué aux pluies de novembre ni au ciel gris de décembre.

En ce matin de printemps alors que tout brille autour de lui, je sens que mon père revoit le soleil albertain et que le mien, celui du Pacifique, doit lui paraître un peu pâle, peut-être un peu fade. Je sens que le renouveau qui gonfle et se répand de tous côtés ne saurait remplacer l'éclat des cieux aux-dessus de la plaine. Et je suis forcée d'admettre que l'exil lui a été dur.

Les feuilles mortes qu'a déposées les vents d'hiver s'envolent sous mes coups. Et v'lan! Mes mains impriment au balai une cadence endiablée qui me met en joie. Pour un peu, je me mettrais à sourire, moi qui ai oublié comment se fait l'accord entre la bouche et les yeux.

Mon père ne perd pas un seul de mes mouvements. Sa pipe aux lèvres, il laisse son regard errer d'un bout à l'autre du patio selon la nécessité de mes déplacements. Et crish! et crash! les feuilles roussies de l'automne dernier crissent sous le crin. Flotte une odeur de jardin dévasté qui me chatouille le nez et me fait éternuer.

C'est donc tout ce qui reste de l'an passé? Je ne m'arrête pas à cette pensée. La remise où s'entasse le bois à brûler m'attend et, là, le parfum des cèdres se mêle à celui des pins, se dégage des bûches que je fends pour renouveler nos provisions.

J'aime m'attaquer au bois. C'est un adversaire que je respecte, pour qui j'ai une sorte d'affection.

La hache creuse la bûche. Ses fibres et ses vaisseaux se déchirent, mais le cœur tient bon. Allons! encore un effort. La sueur ruisselle entre mes épaules et le dos me fait mal.

Mais je n'abandonne pas la lutte. Oh non! Maxine-Sauvageon a été faite pour la lutte. La violence la brûle comme un soleil noir. Et le duel continue jusqu'à ce que l'adversaire gise, démembré, exhalant son arôme vivifiant. Et les morceaux épars vont s'entasser en attendant d'aller finir dans l'âtre. Et les flammes rouges sifflent dans la cheminée, et le bois craque de toute la force de ses étincelles.

Je passe ainsi des heures dans la remise. Là, sous la tension des muscles et de la volonté, le passé et le présent s'effacent. Disparaissent l'amertume et les rancœurs. L'Alberta de mon enfance n'est plus; la France de ma jeunesse s'estompe. Collègues et étudiants sont relégués à l'oubli. Je ne suis plus qu'un geste destructeur, qu'un bras qui frappe, avec dans la bouche un avant-goût de fin du monde. Ou de paradis?

Mon père pressent tout cela. D'ailleurs, les coups de hache se succèdent sans arrêt, et mon visage en sueur lorsque je vais enfin le retrouver trahit, que je le veuille ou non, mon état d'âme. Autant que mes allées et venues sur les cailloux de la plage lorsque l'appel de mon aire plus haut dans l'île se fait entendre.

Mon père sait tout cela. Mais il ne dit rien. Il regarde, écoute et soupèse, mais il ne dit mot. Une fois seulement, il a voulu protester.

— Tu vas te faire mal.

Et comme je ne réponds pas :

— Ce n'est pas un travail pour une femme. Si tu voulais (il choisit soigneusement ses mots), nous embaucherions quelqu'un pour fendre le bois. Puisque je ne puis plus rien faire. Puisque je ne suis plus bon à rien, termine-t-il dans un soupir.

J'ai refusé de le laisser s'apitoyer sur lui-même. Et je n'ai pas voulu de sa compassion.

— Non! ai-je tranché, la voix dure. Mon traitement ne me permet pas des dépenses inutiles.

C'est faux. Il le sait, et moi aussi. Car ses revenus bien que modestes lui suffisent puisque ses besoins sont aussi modestes. Et mon traitement est assez généreux pour qu'à nous deux, nous puissions nous accorder quelques douceurs.

J'aurais pu lui dire qu'une tâche aussi rébarbative, aussi éreintante, me plaisait. Que c'était mon combat avec l'Ange.

Je n'ai rien dit. Pour calmer son inquiétude. Pour le réconforter.

Cependant, ce matin d'avril, le patio nettoyé des vestiges de l'hiver, les toiles d'araignées chassées des portes-fenêtres, je m'allonge au soleil. Je me laisse pénétrer de sa chaleur comme le lézard que je voudrais être. Et je regarde l'eau bleue de la baie, j'écoute susurrer la vague. Je hume toutes les odeurs qui montent vers moi : sève capiteuse, fraîcheur de la verdure toute neuve, algues amères. La forêt est derrière; devant moi, la mer rit aux cieux. Que puis-je désirer d'autre? Un brin d'éternité bleu et frais m'est offert en cette matinée de printemps.

Ce moment de sérénité enjôleuse ne devait pas durer. Dès l'après-midi, le vent balayait l'écume d'une rive à l'autre comme j'avais moi-même balayé les feuilles mortes quelques heures plus tôt.

La radio annonça une tempête en mer. Puis se tut. Il n'y avait plus d'électricité.

La nuit tomba d'un coup. J'eus à peine le temps de voir la mer tourner au noir sous ses montagnes d'écume.

De l'autre côté de la baie, le train de bois bondit sous la poussée de quelque monstre sous-marin. Les troncs d'arbre se sont détachés les uns des autres. Ils se chevauchent dans un fracas d'enfer que le rugissement du vent dans les pins ne parvient pas à étouffer. Le remorqueur qui, au début de l'après-midi les a alignés et liés, a disparu, abandonnant son œuvre à la furie de la tempête.

Aucun son humain ne pénètre la masse noire qui nous enveloppe. Les voisins sont loin. C'est cette solitude complète, sans fissure, qui m'a attirée vers le cottage en bordure de la forêt, au fond d'une baie où le seul signe de vie humaine est un train de bois que visite à intervalles plus ou moins réguliers un remorqueur venu d'où je ne sais où.

Nous n'avons pas de téléphone. Je n'en ai pas voulu malgré l'état de santé de mon père.

En cette soirée où la tempête fait rage autour et au-dessus de nous, nous sommes seuls, mon père et moi, la proie de menaces inconnues.

Car qu'est-ce que je sais, moi, citadine, des tempêtes en mer et en forêt? Et comment lutter contre des éléments dont jusque-là j'ai pris plaisir à partager la violence, bien à l'abri là-haut sur mon banc de pierre? Le mugissement des vagues tout en bas s'accordait alors avec ce que je croyais être mon moi le plus profond. Les soubresauts du Léviathan m'enchantaient; ils trouvaient leur écho chez la femme solitaire et sauvage que j'étais, que j'avais toujours été.

La réalité me trouve toute désemparée faisant la navette d'une fenêtre à l'autre, essayant de percer l'obscurité, y cherchant quelque signe. J'avais même oublié l'heure du dîner.

C'est à ce moment-là que mon père prit les choses en main. Mon père, plus ou moins invalide, retrouva des forces, une énergie que je ne lui connaissais plus.

— Viens, ma fille.

Il a quitté son fauteuil près de la cheminée, il avance vers moi restée debout à la fenêtre.

— Nous avons suffisamment de bois pour nous tenir au chaud, dit-il. Mais sans électricité, nous allons manquer d'eau.

Il reprend sur le même ton calme :

— Nous en avons probablement pour toute la nuit.

Et la main derrière l'oreille pour mieux entendre :

— Cette tempête ne s'apaisera pas avant le matin, ajoute-t-il.

Comment mon père qui n'a jamais connu de tempête en mer peut-il prévoir la durée ou l'intensité de celle-ci? La seule mer qu'il ait jamais connue n'est-elle pas le moutonnement des épis sous la brise d'été ou les dunes de neige tourbillonnant en poudrerie?

Mais le pionnier d'autrefois, celui qui avait quitté les villes de l'Est pour un avenir incertain dans un petit village d'Alberta, venait de se réveiller devant les dérèglements de la nature. Je lui ai cédé les leviers de commande.

Sous ses ordres, j'ai ouvert les robinets. J'ai rempli d'eau potable tous les contenants dont je disposais. Mon père s'affairait auprès de la cheminée. Les vieux journaux y furent entassés, puis des branches sèches. Avec trois bûches, il érigea une sorte de teepee à l'indienne. Bientôt les flammes se moquaient des forces maléfiques de l'obscurité.

La question du dîner n'avait pas été résolue. Il y avait bien dans le réfrigérateur des viandes froides, du fromage. Mais un gros jambon canadien nous attendait, le jambon de Pâques, baigné d'une sauce à la cassonade et percé de clous de girofle. Et la purée de *yams*. Comment faire cuire le jambon puisque le four électrique ne fonctionnait plus?

La tempête bat sans relâche la cime des pins, et la mer se rue contre le rivage avec une telle sauvagerie que, pour peu, je la croirais assoiffée de sacrifice humain.

À travers la masse noire qui nous cerne et où se reflète le feu dans la cheminée, j'aperçois par moments l'ombre dérisoire de l'arbousier que le vent brasse en tous sens. Et je comprends tout à coup que le danger ne viendra pas de la mer — le cottage est situé en retrait sur la colline — mais plutôt de la forêt toute proche. Il y a le vieux cèdre à deux pas. Je l'entends gémir sous la bourrasque. Combien de temps ses racines peu profondes tiendront-elles contre la violence du vent? Et, advenant le pire, que ferai-je de mon père? La route bloquée de débris de branches, de tronçons de bois, de fils électriques déchiquetés. Passent devant mes yeux des images de toits défoncés, de gens écrasés sous les arbres déracinés. J'ai peur. En proie à la colère, la forêt ne pardonne pas plus que la mer.

La voix de mon père chassa ce film d'horreur.

— Il est sept heures, Maxine. Il va falloir penser à casser la croûte.

Il souriait comme si les rugissements de la mer et de la forêt n'avaient sur lui aucun effet. Je ne l'avais jamais vu si calme. Ses yeux brillaient. J'eus l'impression que les folies de la nature l'amusaient. Qu'il s'en moquait. Qu'il saurait s'en rendre maître.

— Comment veux-tu que je fasse cuire le jambon? Et la purée de *yams*? Puisqu'il n'y a pas d'électricité.

— Bien sûr qu'il n'y a pas d'électricité, dit-il doucement. Mais ce n'est pas une raison de jeûner.

Je suis nerveuse et irritée. Irritée par son attitude bon enfant qui refuse de prendre au sérieux des dangers qu'il est trop intelligent pour ne pas reconnaître. Et nerveuse aussi parce que j'ai peur. C'est donc d'une voix franchement exaspérée que je réponds :

— Que veux-tu que je fasse? Je ne peux tout de même pas fabriquer de l'électricité.

Il éclata de rire. Il y avait des mois que je n'avais pas entendu son rire, celui qu'il partageait avec Shaun au cours de leurs discussions interminables, celui qu'il ne partageait plus avec moi.

— Ma pauvre enfant, je ne te demande pas d'accomplir des miracles. S'agit simplement de remplacer le four.

— Remplacer le four? Et avec quoi?

Je ne comprends plus rien. J'en suis à me demander si mon père n'a pas perdu l'esprit.

Il dit soudain avec l'ombre d'un sourire :

— Tu oublies que tes ancêtres faisaient tout cuire dans l'âtre. Ce soir, il faut faire comme eux. Voilà! Et j'ai justement là un bon feu. C'est tout ce qu'il nous faut. Allons, apporte-moi ton jambon.

J'ai obéi avec plus ou moins de bonne grâce.

— Non, pas comme cela, fit-il comme je lui offrais la cocotte où j'avais déposé le jambon. Tu as des feuilles d'aluminium?

Je fais signe que oui.

— Eh bien, enveloppe le jambon dans une bonne épaisseur de feuilles d'aluminium après l'avoir bien arrosé de sauce. Et ferme hermétiquement. Replie les bouts et les encoignures. La viande cuira dans tout son jus. Mon beau jambon si soigneusement apprêté a tout l'air d'un informe colis couleur d'argent.

Mon père le prit, creusa avec le tisonnier parmi les cendres chaudes, le posa délicatement au milieu. Il entassa autour les tisons.

— Maintenant, donne-moi ta purée. Mais pas dans ce plat de pyrex, voyons! Fais-en deux portions. Et enveloppe-les aussi dans des feuilles d'aluminium. Elles cuiront très bien sur la braise.

Il retourna à son fauteuil, le tira plus près de la cheminée pour mieux surveiller le progrès de ses efforts culinaires. Satisfait, il s'y enfonça et ralluma sa pipe.

— Tu as bien une bouteille de vin quelque part? Un festin comme celui que je suis en train de préparer doit être accompagné de la liqueur du bon Dieu. Sans vin, pas de festin, affirma-t-il sentencieusement.

Et mon père, heureux comme je ne l'avais pas vu depuis mes gambades d'enfant avec lui à la campagne, souriait largement parmi les bouffées de fumée qu'il tirait de sa pipe.

Fascinée par la lueur de la braise que je semblais retrouver au fond de son regard, je dus conclure que mon père revivait un passé que j'avais plus ou moins ignoré. Récits d'aventures que l'on s'était transmis de père en fils au

Québec, légendes des anciens voyageurs qui avaient parcouru le pays en tout sens, des pionniers qui, beau temps mauvais temps, avaient campé à la belle étoile et fredonné leurs vieux airs français dans les réunions de famille. Oui, mon père devait revivre tout cela. Cela faisait partie de la vie dont il avait sans doute rêvé, enfant, avant qu'on fît de lui un avocat.

Il interrompit le silence qui s'était rétabli entre nous.

— Quand nous sommes arrivés en Alberta, ta mère et moi, il n'y avait pas encore d'électricité dans le village. Nous avions un poêle en fonte. Et les soirs d'hiver, nous écoutions crépiter le bois de bouleau au milieu des assauts du vent et de la neige. On aurait dit une âme qui, délivrée de sa prison, montait joyeuse vers un lieu connu d'elle seule. La chaleur enclose pendant toutes ces saisons où l'arbre avait grandi se répandait en nous et autour de nous. Nous étions heureux, ta mère et moi. J'ai regretté. Dieu seul sait combien, notre vieux poêle lorsque la cuisinière électrique a pris sa place.

Je sentis que mon père ne s'adressait pas tellement à moi, mais qu'il se parlait à lui-même et peut-être aussi à celle qui avait partagé sa vie pendant ses premières années dans l'Ouest.

— L'été, nous faisions du camping. Le feu de bois devant la tente. Le fumet d'un poisson ou d'une perdrix dans l'air. C'était avant ta naissance; après, il ne pouvait être question de risquer les intempéries. Et puis, mes devoirs d'avocat ont pris de plus en plus de place dans ma vie. Nous n'avons plus guère fait de camping. Cela aussi, je l'ai regretté.

Il ajouta avec un soupir :

— C'était avant l'heure du pétrole. Depuis, le progrès, ou ce qu'on appelle le progrès, a mis fin à tout cela. Maintenant, il y a la caravane, bien équipée, et l'électricité. Et les terrains de camping. Ce n'est plus la même chose.

Il hocha la tête :

— Non. Ce n'est plus la même chose.

Je l'ai laissé revivre ses souvenirs. Je les appréciais, les miens étaient si différents. Et pourtant, un filet de sang pionnier ne coulait-il pas encore dans mes veines? Était-ce pour cela que je prenais tant de plaisir à m'attaquer aux bûches de cèdre et de pin?

***

Mon père sommeillait. Alourdi par la chaleur, il avait laissé éteindre sa pipe et, les mains sur les genoux, il s'était laissé emporter par ses rêves. Cela expliquait le sourire sur son visage pâle.

Je l'ai regardé longtemps dans l'espoir de pénétrer ses pensées qui s'étaient tout à coup dérobées, de comprendre enfin celui qui avait été mon père. Celui qu'il était resté malgré mes années d'abandon, malgré la solitude morale que je lui imposais depuis qu'il était venu vivre avec moi. Des regrets! j'en aurais bien été incapable. Mais un courant s'était établi entre lui et moi au moment où il avait pris en main le gouvernail, une sorte de complicité qui nous liait en ce moment l'un à l'autre.

Ce soir d'orage nous avait jetés l'un contre l'autre; moi, désemparée et tant soit peu effrayée, et lui, tenant le coup comme le vieux cèdre que le vent ne parvenait pas à abattre. Les hululements de la tempête se propageaient au-dessus de nous et les vagues mugissaient sans arrêt, mais mon père dormait comme il avait autrefois dormi à la belle étoile. La nature ne l'effrayait pas, il n'avait jamais cherché à la violenter, il l'aimait dans sa colère autant que dans sa douceur. C'est ce que j'ai enfin compris pendant les quelques instants que dura son sommeil.

Le bruit sec d'une branche balayant le toit du cottage le réveilla. Il rouvrit les yeux. Il se pencha vers la cheminée d'où s'échappait maintenant une odeur de jambon fumé et le parfum des *yams* des pays chauds.

— Allume les bougies, titille. On n'y voit plus.

En effet, la pièce se tassait dans une obscurité presque complète. Le visage de mon père au coin de la cheminée était plus ou moins visible, les derniers reflets du feu mourant l'atteignaient à la hauteur des tempes.

— Le dîner est servi, annonça-t-il tout à coup.

Et c'est ainsi que mon père et moi, ce dimanche de Pâques qui devait être son dernier, nous avons dîné devant la cheminée, sous la lumière clignotante des bougies. Et nous avons parlé. Ou plutôt j'ai écouté mon père. J'ai écouté la voix chaude de mon enfance que les ans avaient un peu éraillée. Et la tempête a perdu sa terreur.

Plus tard dans la nuit, j'ai entendu ou cru entendre gémir mon père sur le divan que j'avais rapproché du feu et sur lequel j'avais entassé les couvertures pour qu'il ne prît pas froid.

Je me suis levée.

Le feu était presque éteint. Ses mains s'étaient agrippées aux couvertures qu'il tentait de remonter vers lui. Je l'ai bordé comme on borde un enfant. J'ai attendu que sa respiration soit redevenue normale. Et... eh oui! j'avais oublié ce geste inconscient... J'ai posé un instant ma joue contre la sienne, comme je l'avais fait si souvent pendant mon enfance. Était-ce pour m'assurer que la fièvre n'avait pas apparu? Ou était-ce un retour soudain et inattendu de la fillette d'autrefois?

Je ne le saurai jamais.

Les routes déblayées des branches et des troncs d'arbres arrachés par la tempête, nous avons repris le chemin de la ville dès l'arrivée du premier traversier. Et nous n'avons jamais plus fait allusion au soir d'orage qui nous avait rapprochés un instant l'un de l'autre.

L'été qui suivit l'emporta. Et j'ai vendu le cottage et tout son mobilier où dans l'absence des nouveaux propriétaires vient de se jouer la dernière scène du drame ou du mélodrame. Les acteurs ont disparu l'un après l'autre, il ne reste que moi, l'héroïne (?) de cette mauvaise pièce de théâtre. À mon tour de disparaître!

La pièce est terminée, Maxine Sauvage-Sauvageon. C'est un échec pur et simple. Pourquoi hésiter à tirer le rideau? La boîte de Pandore gît, vide de ses Biens et de ses Maux, aux pieds de la rampe. Les Maux — ou le Mal — étaient toujours là, aux aguets, de sorte que ce que tu connus de bien, de bon, n'a été qu'un intermède sans conséquence, qu'un entr'acte trop court pour changer quoi que ce soit au déroulement ultérieur.

Ta mère, Marcel, Angela, Shaun, ton père, tous acteurs dans un drame qui ne mérite même pas le nom de tragédie.

Le *deux ex machina* des Anciens n'a pas daigné apparaître. De sorte que je ne sais plus si ce n'est pas une mauvaise comédie que j'ai vécue.

Si j'avais essayé de pardonner ou au moins de comprendre, les choses auraient-elles été différentes?

Mais j'étais Sauvageon, Sauvage-Sauvageon. C'est ce que je suis en ce moment qui doit mettre le point final à une vie aussi inutile que les bouts de branches desséchés et déposés à côté de moi par la brise du soir. Non! plus inutile encore puisque ces bouts de branches fourniront en mourant l'humus nourricier des plantes à venir, la poussière magique dont parlait mon père.

L'enfant dont je n'ai pas voulu, celui qui a choisi de disparaître par lui-même, remue de nouveau en moi. Aurais-je été autre s'il avait vécu?

La vie pullule autour de moi : plantes, insectes, oiseaux. Ils ne fournissent pas de réponse. Derrière le bruissement des feuilles, sous le murmure des pins séculaires, la Nature se tait. Et l'homme et la femme restent seuls avec leur détresse.

J'ai sommeil.

La nuit descend sur la baie. J'aperçois à peine la goutte de sang dans ma main. On dirait qu'elle a pâli. Illusion? Ou dernier espoir? L'Espérance serait-elle restée au fond de la boîte de Pandore?

Le tube est à portée de ma main... Qu'est-ce qui me retient de l'ouvrir, et puis de courir vers l'eau qui m'appelle? Mais j'ai sommeil. Et mes membres refusent d'obéir à ma volonté.

Oui, j'y vais. Dans quelques instants... J'y suis..., j'arrive! Le temps d'avaler d'un coup ces ampoules couleur de sang...

***

Recroquevillée dans sa chaise longue, Maxine n'a pas bougé. Le sommeil s'est abattu sur elle comme un coup de massue, anéantissant la journée qu'elle vient de vivre, dispersant à tous les vents les souvenirs, les remords, les gestes qu'elle aurait pu faire, les paroles qu'elle n'a jamais su prononcer.

Elle dort. Ses paupières s'agitent à peine sous le souffle chaud qui monte de la terre. La mer roucoule doucement.

Revit-elle la soirée de Pâques dans le cottage battu par la tempête où elle est revenue mourir? Comment le savoir? Il n'y a de réponse à rien, et les rêves ne sont... que des rêves.

Maxine Sauvage-Sauvageon dort. Et rêve!

Dans la même collection

Pièces en un acte
André Castelein de la Lande

La Métisse
Jean Féron (Joseph-Marc Lebel)

Autres romans disponibles aux
Éditions des Plaines

J'attendrai
Jocelyne Verret

Fragile Alexandra
Concerto rouge
Mal de mère
Claire Lévesque

À la dérive
Sans bon sang
Coups de vent
Faut placer le père
La fille bègue
Annette Saint-Pierre

Le golé
Quand j'aurai retrouvé mon fils
Bonjour Garde
Denise Ouellette

Le crépuscule des braves
Nadège Devaux

Lettres à Marie
Daniel Mathieu

Les détours du destin
Jean Bâcle

L'Amazone
Henri Bergeron

Tant que le fleuve coule
Marie Jack

Gus d'Aoust trappeur de la toundra
Alix Harpelle

Le cri du loon
Monique Genuist

Nipsya
Georges Bugnet